沿圖遊泰國

探尋佛國歷史與文明

李元君 主編
段立生 撰文
連 旭 攝影

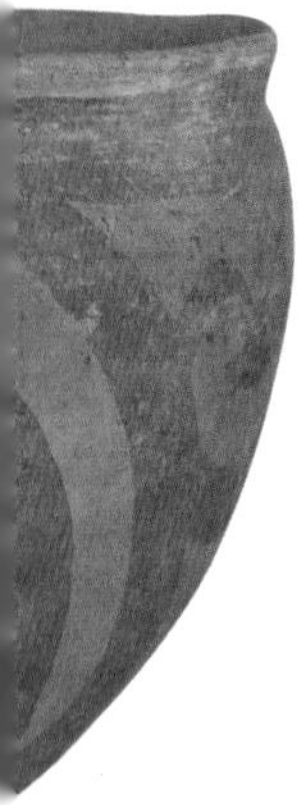

目錄

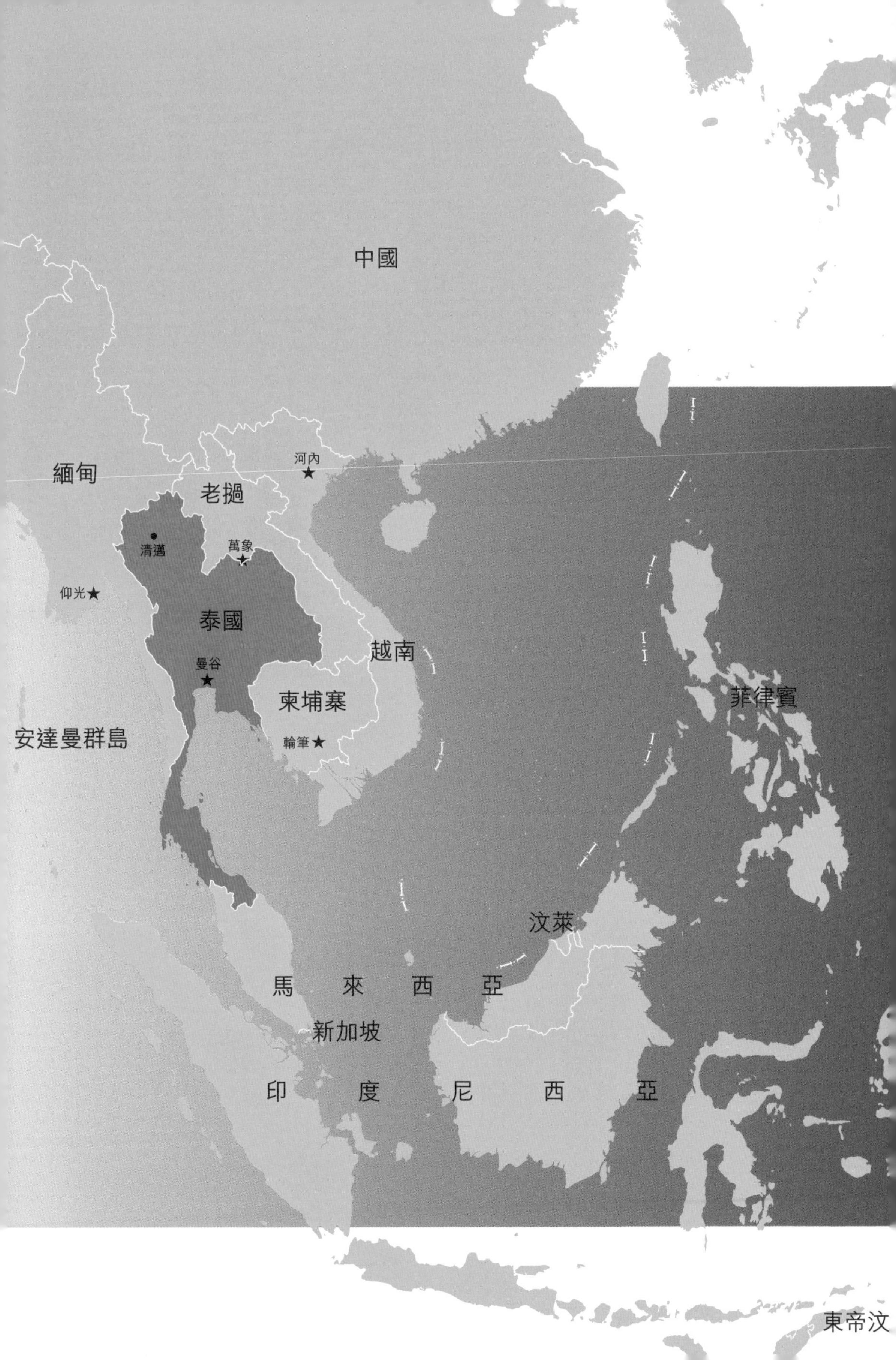
中國
緬甸
河內
老撾
清邁
萬象
仰光
泰國
越南
曼谷
柬埔寨
菲律賓
安達曼群島
輪筆
汶萊
馬來西亞
新加坡
印度尼西亞
東帝汶

昭披耶河

孕育的泰國文化

泰國位於中南半島南部，面積五十一萬多平方千米，人口六千九百多萬人。昭披耶河（Mae Nam Chao Phraya）為泰國第一大河，泰語「昭披耶」意「河流之母」，「湄南」（Mae Nam）為「河流」之意。泰國處於世界兩大文明古國——中國和印度的交匯點上，不可能不受到中國文化和印度文化的影響。

中國文化是史官文化，而印度文化則是宗教文化，兩種文化在中南半島相遇，衍生出當地的土著文化。泰國的古代文化就是在吸收中國文化和印度文化營養的基礎上，整合本民族文化創造出來的一種獨具特色的文化，它是世界民族文化寶庫的一枝奇葩。

泰國古稱暹羅（Siam）。在中國的古籍裏，稱公元十三世紀建立的素可泰（Sukhothai）王朝為暹國，南部華富里（Lop Buri）王朝為羅斛（Lavo）國。一三五〇年羅斛滅暹，始稱暹羅斛，簡稱暹羅。一九三九年六月鑾披汶政府把暹羅國名改為泰國，一九四五年又改回暹羅，一九四九年泰國又再度成為官方的稱呼。「泰」是自由之意，也是對其主體民族的稱呼。

泰國文化發展史按時間順序分為：

一、史前時期（迄今六千五百年）

二、前素可泰時期（公元前一世紀—公元十三世紀）

三、素可泰王朝時期（一二三八—一四一九年）

四、阿瑜陀耶王朝時期（一三五〇—一七六七年）

五、吞武里王朝時期（一七六七—一七八二年）

六、曼谷王朝時期（一七八二年至今）

曼谷大皇宫

前任泰國王后詩麗吉畫像

前任泰國國王普密蓬．阿杜德畫像

泥巴、色彩和青銅塑造的史前文明

史前時期（迄今至六千五百年）

班清陶器細部

一、班清文化遺址

班清（Ban Chiang）位於泰國烏隆（Udon Thani）府儂旺縣，「班」是村子的意思，班清就是清村。一九六六年，一位名叫史蒂芬．B．揚（Stephen B. Young）的美國青年（當時美國駐泰國大使的兒子）到泰國東北旅遊，在班清無意中拾到幾塊陶片，上面奇特的赭紅色紋飾讓他愛不釋手。史蒂芬．B．揚通過特殊的途徑把陶片送到美國賓夕法尼亞大學。學者們用碳一四方法測定出這些有美麗紅色紋飾的陶片產生於公元前三六〇〇年至前一〇〇年，這項發現引起了世界的轟動，班清文化遺址由此為世人所知。

接踵而來的是泰國及國內外一批批學者，從一九六七年開始到一九八五年為止，先後共進行了九次大規模的考古發掘和野外調查，發掘出大量的人體骨骼、陶器、青銅器和鐵器，成為研究班清文化的實物佐證。

陶器

陶器，形象地說，是一種用泥巴塑就的史前文明。一堆潮濕柔軟的泥巴，一經人工設計，製成各種形狀的器皿，火燒過後，變得堅硬，盛水不漏，盛物不丟。陶器的出現，是人類文明的一大進步，它使人類從單一依靠石材製造器物的時代中走出來。陶器改變了人類的烹飪習慣和生活方式，從此，人類不僅僅用火燒烤食物，還懂得對食物進行蒸、煮、燉、煨等。陶器還改變了喪葬習俗，許多發掘出來的班清陶器便是用來存放死人遺骸或骨灰的，稱

班清陶器。班清陶器以紅紋陶最常見和最有名，因為最早的宣傳照片就選擇紅紋陶。此外，還有灰陶和黑陶。其紋飾具有明顯的個性和高度的想像力，充份顯示了那個時代的生活氣息。早期紋飾從現實實物中抽象出一些簡單的線條來創造美，後期的紋飾出現了與實物相似的人、獸、植物的圖案。紋飾的製作有固定的原則和程序。圖中所示的陶器現藏於班清國家博物館。

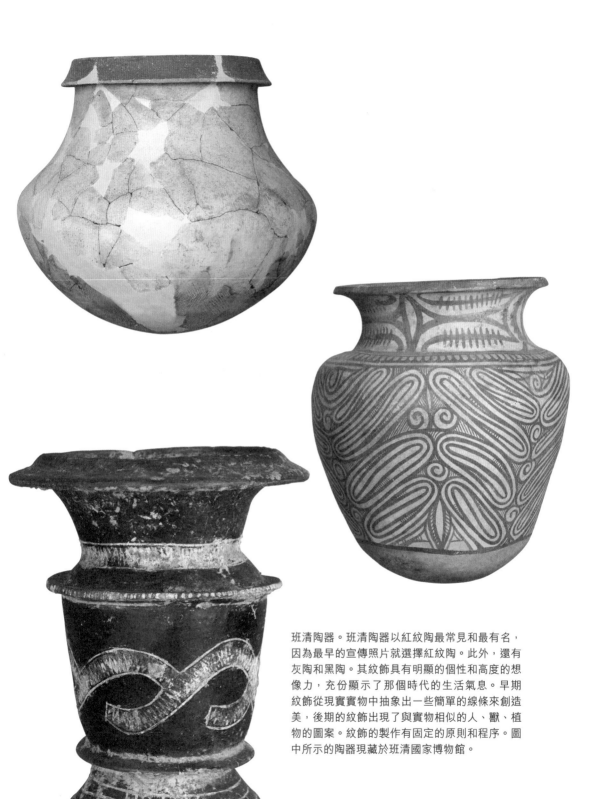

為「甕葬」。

班清史前文化的考古證實，說明當地居民至遲於五千年前就懂得燒製陶器，並在上面繪製精彩的紋飾，在這些紋飾圖案中，既有看似一揮而就的深紅色花紋，也有經過精心構思的幾何圖形。美麗的圖案與搶眼而又賞心悅目的色彩搭配，使陶器具有強烈的藝術感染力。從紅陶、白陶和黑陶的胎質、形狀及紋飾，人們可以看出它們的製作工藝及用途。

美國學者喬伊斯．C．懷特（Joyce C. White）曾參加了班清遺址的發掘，她將發掘出來的陶器分為三個時期：

早期，約公元前三六〇〇—前一〇〇〇年。

中期，約公元前三〇〇—前二〇〇年。

晚期，約公元前二〇〇—公元二〇〇年。

專家們對班清陶器的紋飾進行了收集、整理和研究，歸納為下述七類：單螺紋、雙螺紋、中國式的工字紋、鈎形紋、蛋形紋、蛋形

重疊的鎖環紋、波浪紋。此外，有的陶器上還畫有牛、鱷魚等動物的寫實圖案。

紋飾的製作通常採用刮、劃、刻、刺、壓、滾等方法。

班清出土的陶器最小的高十五厘米，最大的高至六十二厘米。這些陶器常用來盛死人的骨骸，也有一些作為日常生活的用具。

令人驚嘆的是，班清出土的最早的陶器已有五千六百年的歷史，使人不能不聯想到中國的仰韶彩陶和越南的東山陶器。仰韶彩陶距今約七千年，東山陶器最早的已有五千年歷史。可見，班清文化無疑是一種足以傲世的史前文化，可是為甚麼偏偏只在班清一地發現，而周圍地區所發現的農業文化遺址都不超過三千年？班清文化是怎樣演變和發展的？這是亟待學者們深入研究和解讀的謎。

青銅器和鐵器

過去人們一般認為，東南亞地區使用金屬從越南的東山文化開始，而東山文化源於中國，其時間不超過公元前七〇〇—前五〇〇年。班清出土的青銅器和鐵器，從其使用年代來看，無疑是對上述觀點的質疑。班清出土的青銅器和鐵器有矛頭、斧、箭鏃、手鐲、腳鐲、魚鈎等。其中製作年代最早的是銅矛，大約有四千年的歷史，化學分析的結果是錫佔百分之三，含量較一般青銅器低。除了上述銅矛，班清出土的其他青銅器還都保持銅佔百分之八十五至九十、錫佔百分之十至十五的比例。有的還加了鋅，使其容易磨得鋒利，但質地較軟。

值得注意的是，人們在班清發現了坩堝和澆鑄用的石模，説明這些青銅器是在當地生產的。

在班清，人們還發現了公元前七〇〇—前五〇〇年的鐵器，經測試證明，鐵器是直接從礦石中冶煉的，不像中國先煉出生鐵，再加工成熟鐵。

雖然班清出土的青銅器和鐵器數量不多，卻是泰國冶金發展史上的一個重要階段。

由於班清文化遺址的重要性，一九九二年它被聯合國教科文組織列為世界文化遺產。如今，為接待來自世界各地的旅遊觀光者，村裏修建了博物館，開通了電瓶遊覽車，村民的家庭作坊繼續製造現代班清陶器供遊客選購，同時也讓班清文化得以繼續傳承。

青銅像。泰南地區發現的前素可泰時期的青銅像，包括動物圖像、神像、佛像，製作精美，代表了泰國冶金發展史上的一個重要階段。圖中所示的青銅像現藏於曼谷國家博物館。

二、班菩史前壁畫

班菩（Ban Phu）位於泰國東北烏隆府，距府治烏隆他尼六萬八千米，緊接蒲潘山脈。一九七三年人們在這裏的山岩上發現了一批史前岩畫，成為繼班清之後的又一重大考古發現。

班菩的地形地貌顯示，億萬年前這裏曾是一片大海。由於海水的沖刷和侵蝕，一些巨石變成上面大下面小的蘑菇狀，可以蔽日遮雨。有的則像屋簷般地突出來，形成岩穴。不知何時發生的地殼變動，使這一地區由滄海變成陸地，進而孕育了早期的史前文明。

班菩的史前岩畫分四類：人、動物、手掌印和幾何紋。用赤鐵礦石粉作顏料繪製，也可能加了動物的血，故呈赭紅色。岩畫藏於每塊長約六米、恰似蚌殼張口的岩壁上，氣候相對乾燥，雨水侵蝕少，因此得以保存。有行走狀的人像，還有如野牛、山豬、飛禽、馬鹿等動物形象，這些圖像線條簡潔，形象古樸，被人類學家歸為原始藝術類。手掌印和幾何紋歸為抽象藝術類。

班菩的史前岩畫與中國雲南滄源佤族的史前岩畫十分相像，人的身體都畫成三角形。據學者研究，泰東北地區古時也住着臘瓦（Lava）族，與中國雲南佤族同源。早期臘瓦人在班菩留下岩畫的原因，不會是單純出自美術創作的衝動，而是跟他們的原始宗教信仰有關。否則，除了人獸的圖像外，就不該有手掌印和幾何紋。可是我們現在還弄不清這種原始宗教的教義和崇拜儀式。

最近，中國雲南永仁縣灰壩地區也發現了史前岩畫，在約二平方米的遺留畫面裏，有十餘個手掌印，手掌印下方有兩個一大一小的舞者，舞者像已經不太清晰。和班菩岩畫相似的是赭紅色的手掌印，說明這兩個地方的原始族群曾信奉同一種原始宗教。自古聚居在永仁的傣族，應該與泰國泰族同源。

總之，班菩史前文化與中國雲南史前文化有親緣關係，這是毋庸置疑的。

三、泰國的銅鼓

銅鼓，英文名為 Drum，廣泛分佈於中國南部及東南亞各國，用青銅製成，從考古發現來看，最古老的銅鼓已有近三〇〇〇年的歷史。可以這樣説：銅鼓是史前文化的一個代表，傳遞着史前文化的基因和密碼。

中國雲南是銅鼓的起源地，這已在學術界達成共識。公元前四〇〇年，中國雲南滇西地區的銅鼓順紅河、瀾滄江而下，與越南、泰國、老撾、柬埔寨、緬甸、馬來西亞、新加坡、印度尼西亞等東南亞國家的青銅文化相結合，形成了銅鼓文化圈。銅鼓作為這一廣袤地區多種民族共同的文化載體之一，是史前文化的代表。史前社會生產力極其低下，當時的農耕和游牧正處於刀耕火種、逐水草而居的階段，因此民族遷徙是一種常態。銅鼓正是伴隨民族遷徙在中國雲南和東南亞地區傳播的。

銅鼓是宗教文化的產物。所有的銅鼓上都沒有發現文字，只有紋飾。文字跟紋飾是兩種不同的符號，文字是推論性的符號，紋飾是呈現性符號。前者由語言而科學，後者由祭祀、神話、宗教而藝術；前者是科學性符號，後者是生命性符號。中國中原地區出土的古代青銅器——鼎，跟銅鼓有某些相似之處，都是史前時期出現的青銅器，都是用於祭祀的神器或禮器，但鼎上往往鐫刻有文字，記述某一重大歷史事件。鼎上的銘文就是最早的歷史，因此，鼎代表了史官文化。

銅鼓代表宗教文化。作為生命性符號的銅鼓紋飾，並非簡單的裝飾物，而是與所處的原

始宗教信仰相關聯的宗教符號，它反映了以太陽神為主的多神崇拜。鼓面的中心是太陽紋，向外各個暈圈佈滿雲雷紋、圓點圓圈紋、三角鋸齒紋和鳥紋；鼓胸上有船紋；鼓身上有牛紋、羽人舞蹈紋、剽牛紋等。這些紋飾驟然觀之，似覺錯綜複雜，但把它們置於原始宗教信仰體系下來觀察，則可發現這些紋飾都有一定的宗教含義。銅鼓是神器和禮器，是宗教的外在表現形式。

銅鼓的主要功用表現在它的宗教功能上，以後才衍生出其他功能，比如，作為戰鼓、樂器、貯貝器，以及作為財富和權力的象徵等。從銅鼓的分佈情況來看，它主要分佈於中國南部和亞洲東南亞地區，其他地區少見，説明它是一種區域史前文化的表徵。

目前，泰國發現的銅鼓中最著名的是一九六〇年至一九六二年在北碧（Kanchanaburi）府翁巴洞出土的四個銅鼓碎片和兩面完整的銅鼓，在運往曼谷的途中丟失了一面完整的銅鼓，另一面落入北碧府尹手中，後布施給一座寺廟。這些銅鼓的形制和紋飾與中國雲南石寨山型銅鼓和越南東山銅鼓十分相像，明顯地存在親緣和傳承關係。

泰國最權威的、由皇家科學院編纂的佛曆二五二五年（一九八二年）版的《泰文大詞典》是這樣解釋「銅鼓」的：「銅鼓是中國南部各民族用來敲擊發出信號或音樂的鼓。這種鼓是用銅、錫、鉛之合金冶煉的，不同地區的使用者對它有不同的稱謂，比如泰國北部和緬甸稱之為青蛙鑼，因為在鼓邊四周通常有青蛙塑像做裝飾。」

銅鼓上的青蛙裝飾實際反映了古人的圖騰崇拜和宗教信仰。在自然界裏青蛙出現，往往預示天要降雨，故青蛙鑼常用於抗旱祈雨的宗教活動。另外，青蛙是生殖能力很強的動

物，用青蛙裝飾銅鼓，寓意人丁興旺。我們常見兩隻青蛙疊在一起的裝飾，表示青蛙正在交配。可是，在泰國有的銅鼓上，卻出現三隻青蛙疊在一起的裝飾，目前還鮮有文獻表明有人對此做過專門的研究。

泰國的銅鼓為泰國的史前文化研究展示了一個平台。隨着研究的不斷深入，會有更多的新發現。

四、關於泰族起源的「九隆傳說」

哀牢山位於中國雲南中部，是雲嶺向南的延伸，為雲貴高原和橫斷山脈的分界。哀牢山的名字很早便出現於中國古籍，許多古籍中都提到了一個傳說：

早先有一個名叫沙壹的哀牢婦人，在水中捕魚的時候，無意中觸到一段木頭，因而懷孕，產下十個男孩。後來那段木頭化作一條龍，游出水面，對沙壹說：「你為我生的孩子在哪裏？」九個男孩一看見龍都嚇跑了，只有最小的男孩不怕，騎到龍背上。龍用舌頭舔了舔他。因為小孩的母親說的是像鳥語一樣的語言，她把「背」說成「九」，把「坐」說成「隆」，所以騎在龍背上的小男孩就有了「九隆」的名字。等到孩子們長大成人後，九隆的哥哥們因他被龍舔過而比別人聰明，遂推舉他為王。這時，哀牢山下有一戶人家生了十個女孩，九隆和幾個兄弟分別娶她們為妻，繁衍出後代。這群人喜歡文身，在身上黥以龍紋，衣服後面拖一條尾巴似的裝飾。九隆死後，代代相傳，分置小王，聚居溪谷荒郊，不跟中原往來。

從這個傳說中，我們可以得到啟示：沙壹觸木懷孕生十子，反映出當時哀牢人正處於只知有母、不知有父的母系氏族的群婚階段。後來沙壹的十子娶鄰家十姐妹為妻，反映了由群婚向對偶婚的過渡。九隆被諸兄共推為王，以後又世世相繼，說明哀牢社會已由原始公社發展到初期的奴隸制國家了。這是合乎人類社會發展進程的，故可以把這個傳說當作哀牢人的初期階段來研究。

根據九隆傳說提供的信息，沙壹說的「鳥語」不是別的甚麼語言，正是泰語。再從民族

 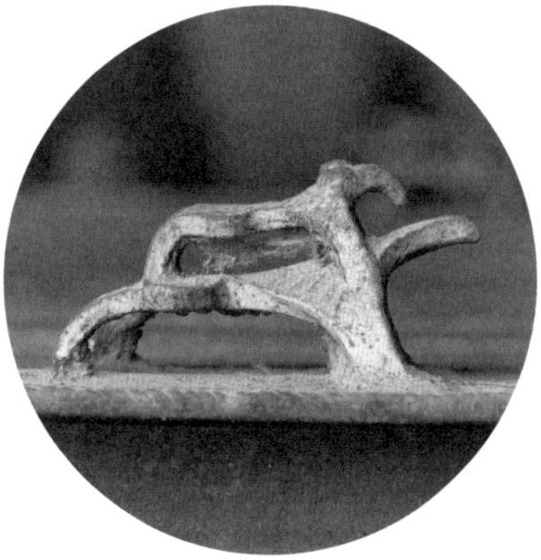

銅鼓。銅鼓是宗教文化的產物。銅鼓上的紋飾常見的有太陽紋、蛙紋、鷺鳥紋等。其中蛙紋是最富特色的一種紋飾，反映了古人的圖騰崇拜。鼓面上有青蛙的浮雕，有四至八隻不等，在泰國還出現三隻青蛙疊在一起的裝飾。因蛙能知天時，青蛙出現，預示天要下雨，所以銅鼓經常用於抗旱祈雨的宗教活動。

文化特點分析，泰族文身、傍水而居，與哀牢人相同。從哀牢這個稱呼看，「哀」是泰語的一個虛詞，相當於漢語「阿王」「阿陳」的「阿」。泰族男子的乳名，首字發音必「岩」(普通話讀音ài)，即「哀」(普音)的同音異寫。「牢」在泰語和傣語裏都是「我們」的意思。他們自稱「哀牢」，別人就把它當作他們的族稱。「哀牢」就是老族，與泰族同源。所以泰系民族發源於雲南的哀牢山。

《後漢書》李賢註引《哀牢傳》說：「九隆代代相傳，名號不可得而數，至於禁高，乃可記之。」到了禁高當哀牢王的時候，才有文字記載的歷史。禁高傳了八代，到扈栗（漢光武帝時期的人）為王的時候，歸順了漢朝。到了公元七世紀，南詔國建立，哀牢政權滅亡。一部份哀牢人留在哀牢山，成為現在的花腰傣；一部份哀牢人沿元江、瀾滄江、怒江南下，成為現今西雙版納和泰國、老撾、越南泰系民族的先民。

早期傳入的宗教文明

前素可泰時期（公元前一世紀—公元十三世紀）

泰國史前時期的文明已經具備了原始宗教的信仰，這從班清的甕葬習俗以及班菩岩畫發現的手掌印便可印證。為甚麼史前人類要把手掌塗上紅色的顏料印在岩石上？可以肯定的是，手掌印跟他們的原始宗教信仰有關。

宗教信仰源於這幾個人類永遠無法迴避的問題：人從哪裏來？死後到哪裏去？怎樣才能永生？對這些問題的回答和解釋，就是宗教之濫觴。嚴格説來，原始宗教還不是正規的宗教，因為正規的宗教必須具備三大要素：教主、教義和信徒。婆羅門教是人類歷史上最早出現的正規宗教之一，它早於佛教九百到一千年。

一、婆羅門教傳入泰國地區

婆羅門教產生於印度，後衍變成印度教。泰國的婆羅門教有着悠久的歷史，公元前二世紀就開始傳入。

前素可泰時期（公元前一——公元十三世紀）泰國存在許多大大小小的城邦國家，根據中國史書的記載，計有：克拉地峽附近的邑盧沒國和諶離國；現今泰國的素攀（Supnan Buri）府一帶有金鄰國，泰語稱為「薩旺那普米」，意即黃金地，這裏自古以產金聞名；泰國南部的馬來半島上有盤盤國；佛統（Nakhon Pathom）府一帶存在着一個墮羅缽底（Dvaravati）國；南部宋卡（Songkhla）府一帶，公元六世紀出現了一個赤土國，其西面是狼牙修國。公元五一五年，狼牙修國曾派使節去建康（今江蘇南京），使節名叫阿徹多，現今中國國

佛像。泰國的佛像製作大概始於公元六世紀，歷時一千五百多年，在汲取印度佛像藝術營養的基礎上，融入孟族、吉篾（Khmer）族和泰族的民族特色，形成泰國自己的佛像藝術風格。泰國的佛像面帶微笑，和藹可親。讓人想到泰國人樂善好施、性格平和、不喜爭鬥、與人為善的國民性。圖中所示的佛像現藏於素叻他尼（Surat Thani）國家博物館。

希瓦楞（Shiva Linga）和約尼（Yuni）。對男性生殖器希瓦楞（也稱林伽）和女性生殖器約尼的崇拜，反映早期人類的生殖崇拜，也體現了對婆羅門教的信仰。濕婆（Shiva）是婆羅門教的三大神祇之一，是創造之神，亦是破壞之神。

希瓦楞插入約尼之中。現藏於宋卡國家博物館。

家博物館還保存有一張這位使節的畫像。六坤在中國古籍中被稱為單馬令國。以泰北的南奔城為中心，公元八世紀出現一個女王國，而這個國家則自稱為哈利奔猜（Hariphunchai）國。清邁（Chiang Mai）曾經是一個獨立的蘭那泰（Lannathai）王國，中國元、明時期的文獻稱它為八百里媳婦國。

中國史書的記載，泰國古代史向世人呈現出更為豐富的色彩，過去人們一直誤把公元十三世紀建立的素可泰王朝視為泰國史的開端，而中國古籍把泰國歷史往前推了一千多年。泰國史是在現今泰國的版圖上各民族共同創造的歷史。泰國史不等於泰族史，我們將素可泰王朝以前的歷史稱為前素可泰時期，這是泰國歷史上不可分割的一個重要歷史時期。

婆羅門教傳入泰國後，對當時的泰國人來說，是一種新的宗教、新的文化，它改變了泰國人的生活方式和價值取向。

一九三四年，西方學者威爾斯博士（Dr. Wales）在克拉地峽西岸達瓜巴（Takua Pa）發現三尊印度婆羅門教

約尼。現藏於洛坤（那空是貪瑪叻舊稱）國家博物館。

的神像，被包裹在一株大樹之中，為公元七—八世紀的作品。是印度婆羅門教傳入東南亞地區的物證。

如今，我們在泰國隨處可以見到對男性生殖器——希瓦楞的崇拜。生殖器崇拜是早期人類社會普遍存在的一種文化形態，它反映了在生產力低下的情況下，人類對自身的再生產過程的迷惘和困惑，經過宗教的加工詮釋，從而成為一種信仰或文化形態。這種生殖崇拜與婆羅門教有很深的淵源。因為婆羅門教的最高神祇濕婆就是以希瓦楞的形式出現的。

毗濕奴（Vishnu）是婆羅門教的另一位神祇，經常被塑造為一位體形完美勻稱的年輕人，戴着圓桶狀的高帽，赤膊上身，下着幹幔，有四隻或六隻手臂，分別拿着權杖、法輪、一根棍、一個球或一朵蓮花等法器。

婆羅賀摩（Brahma）是婆羅門教的創造之神，他創造了世界上的一切。他有四張臉，後來演變成佛教的四面佛。

婆羅門教在泰國留下了許多高棉式的宗教建築，如武里南（Buriram）府的帕儂諾（Phnom Rung）石宮，柯叻

（Korat，那空叻差是瑪舊稱）府的披邁（Phimai）石宮等。石宮是當地華人對高棉式古建築的習慣稱呼，高棉語稱之為「巴刹」（Brasat）。已故華人作家黃病佛在《錦繡泰國》中介紹披邁石宮時說：「披邁石宮的用途，為政府官邸與孔族所崇奉的婆羅門教廟宇。」這些建築，與柬埔寨吳哥寺的建築一模一樣。

早期婆羅門教的塔和廟是分不開的，塔就是廟，廟即是塔。後來泰人模仿其式樣建成高棉式的塔，稱為「巴朗」（Brang）。這種塔的上端猶如一個玉米，或者說像一個菠蘿。它跟泰國稱為「齋滴」（Chaidi）的佛塔有明顯的區別。公元九—十一世紀高棉族的真臘國十分強盛，泰東北地區皆在其統治之下，故留下許多「巴朗」式塔。後普及全泰國。

中國古籍中保存着許多古代婆羅門教在東南亞和泰國地區傳播的記載：

《晉書》卷九十七：「時有外國人（印度人）混潰者，先事神（婆羅門教），夢神賜之弓，又教載舶入海。」混填（《南齊書》和《梁書》等史書均將混潰為混填）用神弓征服了扶南國，娶扶南女王柳葉為妻，是第一個把婆羅門教傳入東南亞的人，時間約在公元前一世紀。

公元四世紀一位名叫憍陳如的印度婆羅門當上了扶南的國王。《梁書》卷五十四：「其後王憍陳如，本天竺婆羅門也。……復改制度，用天竺法。」

公元七世紀唐朝杜佑《通典》卷一百八十八「扶南」條：「其國人……居不穿井，數十家共一池引汲之。俗事天神，天神以銅為像，二面者四手，四面者八手，手各有所持。或小兒，或鳥獸，或日月。」

竺芝《扶南記》：「頓遜國屬扶南國，主名崑崙。國有天竺胡五百家，兩佛圖（佛塔），

婆羅賀摩（也稱大梵天神）。他是婆羅門教的最高神祇，比地球、人類和所有神祇的出現還要早，是一切事物的創造者。他頭上有四張面孔，分別朝向東南西北四面。佛教興起以後，他被當作四面佛崇拜。現藏於曼谷國家博物館。

天竺婆羅門千餘人。」頓遜國在今緬甸德林達依（Tanintharyi，舊名丹那沙林）。竺芝是五世紀中葉人。

杜佑《通典》卷一百八十八「盤盤國」條：「又其國多有婆羅門，自天竺來，就王乞財物，王甚重之。」盤盤國在今泰國素叻他尼。

《通典》卷一百八十八「赤土」條：「其俗敬佛，尤重婆羅門。」赤土國在今泰國宋卡。

林邑國位於扶南與交趾之間。《南齊書》卷五八林邑傳：「謂師君為婆羅門。」就是說，婆羅門當國王的老師。

《通典》卷一百八十八「丹丹」條：「王每晨夕二時臨朝。其大臣八人，號曰八座，並以婆羅門為之。」丹丹國的八位決策大臣皆是婆羅門。丹丹國在現今馬來半島的吉蘭丹（Kelantan）。

可見，婆羅門教對東南亞和泰國影響深遠，時至今日在泰國隨處皆可見婆羅門教遺址及影響的痕跡：

位於曼谷伴叮唆（Dinso）路二百六十八號的婆羅門神廟，建於一七八四年，至今香火鼎盛，人頭攢動。

高達數十米的鞦韆架，別以為這僅僅是盪鞦韆的工具，其實這是婆羅門舉行恭迎天王到人間的儀式時使用的。盪鞦韆的風俗，實起源於婆羅門教，後流行於中國、朝鮮、韓國、日本等地，這是大家始料未及的事情。

菩提樹（Pippala）。梵名畢缽羅樹，因佛祖在這棵樹下覺悟得道，而「菩提」是「覺悟」的意思，故稱畢缽羅樹為菩提樹。公元一世紀之前沒有佛像，信徒們都是以象徵的方式來表現佛的形象。現藏於曼谷國家博物館。

現今泰國流行的許多風俗和節假日，如水燈節、潑水節等，就跟婆羅門教有關。就連國王的封號——拉瑪一世到九世的「拉瑪」（Rama），也是來自印度史詩《羅摩衍那》中的「羅摩」。每位國王登基，都遵循婆羅門教的儀式。每年春耕時節，國王都要親自把犁，在王家田廣場進行農耕演示。就連泰國的國徽，也是毗濕奴的坐騎大鵬金翅鳥。足見婆羅門教對泰國的深遠影響。

根據婆羅門教的教義，釋迦牟尼是毗濕奴的第九世轉生，所以在婆羅門神廟中亦供釋迦牟尼佛像。而泰國佛寺的山牆上，也有騎着大鵬金翅鳥的毗濕奴神像。泰國的婆羅門教與佛教，你中有我，我中有你，互不排斥，相處融洽。

金剛力士。金剛力士在佛教中叫那羅延（Nryana），乃具有大力之印度古神，意譯為堅固力士、金剛力士。亦被婆羅門教視為毗濕奴之異名。他性格剛烈、脾氣暴躁、孔武有力、嫉惡如仇。為了教化眾生，他表現出金剛怒目的樣子，讓人看了畏懼，因而不敢起妄念。兩圖均為墮羅缽底時期的陶製造型。現藏於曼谷國家博物館。

泥塑頭像。猴王哈奴曼。現藏於烏通國家博物館。

泥塑佛牌。佛陀在給其妻講經。現藏於烏通國家博物館。

毗濕奴。婆羅門教的創造和保護之神。右頁的神像為素攀府一座名為 Wat Khao Phra 的佛寺內供奉的婆羅門教神像。左頁的神像現藏於宋卡國家博物館。

站在蓮花座上的毗濕奴。
現藏於曼谷國家博物館。

多頭多臂毗濕奴。現藏於宋卡
國家博物館。

四臂毗濕奴。現藏於曼谷
國家博物館。

舞王濕婆銅像。現藏於洛坤國家博物館。

兩臂毗濕奴。現藏於宋卡國家博物館。

毗濕奴銅像。現藏於宋卡國家博物館。

象神。泰語稱為帕卡乃（Pra Pikanate）。帕卡乃是濕婆與其妻帕爾瓦蒂所生之子。一日母親沐浴，命兒子守衛家門，不准外人進來。適逢濕婆回家，其子不識，發生爭鬥，帕卡乃被斬首。帕爾瓦蒂大慟，濕婆命隨從將他遇見的第一個人頭拿來換，隨從出門遇見象，便將象頭安在帕卡乃身上。現藏於曼谷國家博物館。

鍍金佛像。現藏於洛坤國家博物館。

金佛像。墮羅缽底時期的金佛像，它清晰的細節顯示了古老的技能。現藏於烏通國家博物館。

賽瑪。它是用作劃定神聖區域的界碑。凡是用賽瑪圍起來的地界，都是神聖的地方，諸如婆羅門教神廟、佛寺、佛塔所佔的地盤。提醒尋常人等，不得隨意闖入。賽瑪通常製成蓮花瓣形，因其代表神聖之物，故受人崇敬，貼以金箔，受人膜拜。

臥佛。它位於素攀府一座名叫 Wat Khao Phra的古老佛寺內。

臥佛局部。「往佛臉上貼金」，意即給佛增添臉面和光彩。貼金是泰國的一種宗教藝術手段，符合泰人的藝術欣賞情趣。貼金工藝還廣泛應用於衣服、裝飾物、建築物，目的是提高藝術品的身價，使其金碧輝煌。金箔應是百分之百的純金，一張跟一張壓着貼，不能露出接縫。

二、佛光普照泰國

佛教跟隨婆羅門教傳入泰國，開啟了佛光普照泰國的新時代。佛教主張「眾生平等」、人人皆可「立地成佛」，使其具備了取代等級森嚴的婆羅門教的優勢。一時間佛教信徒遠遠超過婆羅門教。

公元前三世紀印度阿育王派高僧到金鄰國弘法，被視為佛教傳入泰國之始；坐落在泰國中部的佛統大金塔，則是佛教最早傳入泰國地區的標識。據說，這座塔建於公元前二八七年。我們現在看到的佛統大金塔，是曼谷王朝拉瑪四世下令重新修建的。他為了保存文物古蹟，命令先複製一座原塔，放在現今的佛統大金塔南面，然後在原塔的外面再建一座錫蘭（Ceilán，斯里蘭卡的舊稱）式的大塔，把原塔包裹在其中。這項工程於一八五三年動工，直到拉瑪五世（Rama V，一八六八—一九一〇年在位）時的一八七〇年才竣工。重修的佛統大金塔高達一百二十米，巍峨雄偉，美輪美奐，幾里之外，人們便可瞻見塔尖，聆聽到塔上風鈴傳來的梵音，彷彿在娓娓敘說佛教傳入泰國的悠久歷史。

大金塔旁的博物館，收藏着墮羅缽底國早期的文物——石刻法輪。法輪在很長一段歷史時期內是佛像的代表。佛像造型究竟始於何時眾說紛紜，其中有一種傳說認為佛在世時就開始有了佛像的製作。但是，學者們認為，佛在世時不可能為佛造像。因為《十誦律》規定：「佛身不應作。」這是小乘佛教的金科玉律，不敢輕易破戒。信徒們認為，佛是精神超人，具備三十二相八十種好，不可以造像表現。相當長一段時間，信徒們都是以象徵的方式來表

鞦韆架。這座鞦韆位於曼谷班輪木昂（Bamrung Mueang）路，建於十八世紀，是婆羅門教在舉行恭迎天王儀式時使用的。

佛統大金塔。泰國最古老的塔，是佛教傳入泰國地區的標識。現在所見的大金塔是拉瑪四世（Rama Ⅳ，一八五一——一八六八年在位）重建。

吉蔑式塔。柬埔寨語將真臘時期的建築稱之為「巴剎」，原是婆羅門教的廟宇，後泰人模仿其主塔建為「巴朗」。

法輪。法輪運轉，表示説法。這是公元六—七世紀墮羅缽底時期的法輪，現藏於烏通國家博物館。

現佛的形象，如以大象表示佛的誕生，馬表示出家，座表示降魔，菩提樹表示成道，法輪表示説法，塔表示涅槃。

佛像大約出現於公元一世紀前後，即印度的貴霜（Kushan）王朝時期，發源地是秣菟羅（Mathura，今馬圖拉）一帶。其後印度受到波斯、希臘文化的影響，形成犍陀羅（Gandhara）藝術。佛像的製作，仿希臘神像的製作方式，從臉型、髮式到衣褶，全然是希臘模式。有人將犍陀羅佛像的特點歸納為：歐洲髮式，希臘鼻子，波斯鬍子，羅馬長袍，印度薄衣，袈裟透體。約在公元四—五世紀，是印度的笈多（Gupta）王朝時期。孔雀王朝的後裔犍陀羅笈多（Chandragupta）糾集雅利安的藩侯，在恒河流域稱霸，於公元三百二十年建立笈多王朝。十年之後，統一北印度，並將權力的觸角延伸到南印度。這是印度佛像藝術最輝煌的時期，形成了笈多佛像的特殊風格。這時期佛陀彎曲的頭髮變為印度珠寶帽的形式，被後人稱作釋迦頭；衣服由寬敞變為合身，由多層變為單層；腰部由粗變為苗條，呈女性化趨勢；眼簾下垂，表現出安然平靜的表情。

當佛教於公元前二世紀傳入泰國時，最早登陸的地點是佛統一帶，這一地區被稱為黃金地，泰語讀音為「素彎拿普米」（Suwarnabhumi）。佛教典籍《善見律毗婆沙》卷三記載了印度阿育王派出九個僧團外出弘法，其中有一個僧團由高僧須那迦（Sona）和郁多羅（Uttara）率領，來到黃金地。當時，那裏存在一個金鄰國（又叫金陳國）。到公元六—十一世紀變成了墮羅鉢底國。

墮羅鉢底佛像受印度笈多佛像藝術的影響較深，基本上看不到印度貴霜王朝流行的希臘

佛腳印。腳掌上的圖案表示佛祖真身的一百零八個吉運特徵。這是在素攀府一座名為 Wat Khao Phra 的古老佛寺內珍藏的佛腳印。

嵌入貝殼的木雕腳印。現藏於清邁國家博物館。

神像的樣式。佛像傳到泰國地區後，因當時統治這一地區的民族是吉篾族，佛的面孔也變成吉篾族的方形臉厚嘴唇。

佛統博物館藏有琳瑯滿目的泥塑頭像造型，表現了不同民族的髮式、面孔、表情和裝扮。其中有的是佛，有的則是佛教信徒。

泰國歷代的佛像造型，都各具時代特點，在汲取印度佛像藝術營養的基礎上，融入孟族、吉篾族和泰族的民族特色，創造出墮羅鉢底時期、三佛齊（室利佛逝，宋代以後的史籍為「三佛齊」）時期、真臘時期、素可泰時期、蘭那泰時期、阿瑜陀耶時期、曼谷王朝時期的不同佛像，彰顯了泰國佛像藝術的輝煌。

讓我們看看各個時期的佛像及特點：

墮羅鉢底佛像

墮羅鉢底佛像藝術的特點是，受印度笈多時期佛像藝術的影響，佛臉呈橢圓形，頭髮鬈曲成顆粒狀，頭頂有粗短而隆起的火燄，眼簾下垂，兩眉相連。袈裟輕薄透明，凸顯了身體的線條美。

三佛齊佛像

佛像的額頭圓而光滑，沒有螺狀的髮髻，前額飾做成菩提樹葉形或花邊形。所穿的袈裟寬大，衣褶整齊。內層僧衣在胸前重重摺疊，係以束胸帶。內層僧衣和外層袈裟一樣，是用一塊大布摺疊而成，未經縫紉製成衣裳。佛頭上的大智印如火燄狀。

真臘佛像

最早一尊佛像是在四色菊（Sisaket）府發現的，公元六世紀的作品，頭和手臂已遭損害，只留下身軀。體型碩健，上身赤裸，下身襲一筒裙，一如吉篾族裝扮。接下來發現的是一組青銅澆鑄的菩薩像，年代大約在公元七—八世紀，發現於武里南府巴空猜（Prakhon Chai）縣。菩薩是大乘教派供奉的神，僅次於佛。小乘教派不供菩薩。公元十一—十二世紀真臘流行小乘佛教，故以佛像為主。一尊那伽（Naga）護頂的佛像，堪稱這一時期佛像藝術的代表。佛的面部表情比較嚴肅，面龐如吉篾族的方臉，螺髻狀的鬈髮像一頂王冠，頭頂上的椎狀火燄變成了王冠的飾件。佛結跏趺坐於盤捲起來的蛇身上，七頭的那伽像輪盤一樣遮住佛頭。在華富里發現的十二世紀以後的佛像，在額頭髮際的邊沿都有一條凸邊，頭髮梳成髻；由三層重疊的蓮花瓣形成頭頂的環，其光芒呈小玻璃球狀；嘴角微笑，斜披袈裟，袈裟的邊裁成直線。佛盤腿坐在蓮花座上。

素可泰佛像

素可泰王朝時期的佛像一般具有如下特徵：佛頭上有火燄狀光芒，髮髻較小，鴨蛋型的臉，柳葉狀的眉，鷹鈎鼻，嘴帶微笑，手臂如象鼻，四根手指差不多一樣長。其代表作是一尊姍姍而行的青銅塑像，它把佛陀行走時的瀟灑姿態，輕盈的步伐，表現得十分完美。

西春（Si Chun）寺的佛像是一尊泥塑巨型坐像，被素可泰時期的碑銘稱為「不可動搖之佛」。最初的設計是將佛像置於露天明亮透光處，後來有人建了一個尖頂的宮殿式建築，把佛像圍入其中。為了讓人看得見佛像，工匠在正面牆壁上開了一個大孔，這樣，人們從很遠的地方便可望見佛端坐在宮殿中，微睜雙目，面帶微笑，一副安然慈祥的樣子，同時又透出自信自在、無私無畏的氣概。這是素可泰王朝時期佛像的經典之作。

瑪哈泰（Mahathat）寺中央塔的塔座上，用泥灰塑了一排行走的佛，雙手合十，列隊跣足，頗有動感，使人看到佛孜孜不倦，忙於教化民眾的神態。它是素可泰王朝時期的佛像傑作。

蘭那泰佛像

蘭那泰佛像製作的特點是體型不太豐腴，不像南印度馬朱拉地區製作的佛像那樣健碩。蘭那泰佛像常製成坐佛，用青銅澆鑄，也有用玉石、翡翠或彩色石頭雕琢的，少見泥灰或礬土的塑像。泰國的傳世國寶碧玉佛就是這段時期的作品。

阿瑜陀耶佛像

王朝初期的佛像受素可泰和吉篾（真臘）佛像製作的影響較深，從拉瑪鐵菩提二世（Ramathibodi II，一四九一——一五二九年在位）起，才真正形成阿瑜陀耶佛像的藝術風格。這段時期泥塑佛像的造型藝術出現了大飛躍，即出現了稱為「君王形」的佛像。這種佛像按人間君王樣式穿着打扮，頭戴王冠，佩戴裝飾品。出現這種現象的原因是吉篾的君王自詡是因陀羅神轉世，阿瑜陀耶的國王也向吉篾國王學習，自稱是佛陀下凡，本意是使神權與君權合二為一，結果卻帶來佛像裝飾上的華麗變化。

阿瑜陀耶時期的佛像以氣勢恢宏而著稱。一尊端坐在藍天白雲下的佛像，若騰空而起，會令人產生無限的遐想。

阿瑜陀耶城郊的鑾抱多佛像，以體型碩大聞名，鑄於一三二四年，是泰國最大的一尊金屬鑄佛。一個正常人的身高還沒有這尊佛的一根手指長。每當給大佛換袈裟時，工匠們需架以數層樓高的扶梯。這尊佛現存帕南車（Phanancheng）寺，華人稱為三寶公廟，以紀念明朝七下西洋的三寶太監鄭和。

曼谷王朝佛像

佛像的製作從四個方面汲取營養，即阿瑜陀耶、素可泰、中國、西方，最終形成了真正的曼谷王朝的製作方式。

僅從造型藝術方面分析，曼谷王朝佛像製作明顯朝平民化方向發展，儘管依然保持佛像的一些基本特徵，比如佛頭頂上的光芒，頭髮盤成結，耳垂長等，但是佛像身體的肌肉、臉龐、雙腳卻像常人，身上穿的袈裟的皺褶好像是被風吹皺一樣，表現出一種自然美。

泰國的佛像製作大概始於公元六世紀，經歷了墮羅鉢底時期、三佛齊時期、真臘時期、素可泰王朝時期、蘭那泰時期、阿瑜陀耶王朝時期、曼谷王朝時期，歷時一千五百多年，在

眾生佛。在佛像製作過程中，信眾根據自己所屬民族的相貌改變佛的形象，不僅適合他們的民族心理習慣，也符合佛教的信條。佛教認為，佛就是覺悟者，人皆可以成佛。因此，泰國墮羅缽底時期的這組泥塑佛像 , 相貌不同，髮式各異，完全是根據現實生活中的芸芸眾生塑造的，可以稱為眾生佛。現藏於佛統國家博物館。

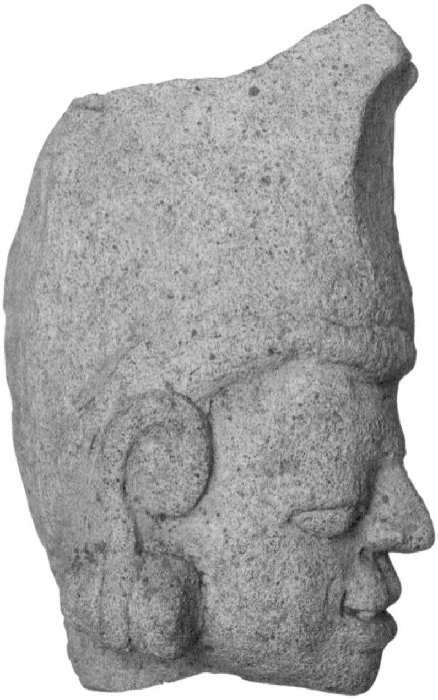

汲取印度佛像藝術營養的基礎上，融入孟族、吉篾族和泰族的民族特色，最終形成泰國自己的佛像藝術風格。佛像的製作材料，從最初的泥灰、鐵礬土，逐漸發展為石雕、木雕、青銅澆鑄；從貼金演變為純金；從石雕提升為玉雕。製作的材料越來越珍貴，反映出對佛像的重視程度在不斷提高。佛像的體積也由小變大，以至發展為超大，彰顯佛的偉大。從佛像的造型來看，不同時期不同地區的佛像都有自己的個性和特點，但都遵循着一條朝着人性化、平民化發展的道路。泰國的佛像不像婆羅門教的神祇那樣有三頭六臂，顯示超人的神通；也不像中國的佛像有面貌猙獰、圓睜怒目的金剛，讓人感到恐怖。泰國的佛像總是面帶微笑，和藹可親。泰國人樂善好施，性格平和，不喜爭鬥，與人為善，嘴角邊總掛着泰國式的微笑。泰國佛像的造型正是體現了泰國的國民性。佛性就是人性。佛是天上的人，人是地上的佛，這與「人皆可以成佛」的佛教教義相吻合。

佛教創立以後，以佛陀為中心和圍繞在他身邊的數名弟子組成的僧團，首先必須解決的問題離不開衣、食、住、行四樣。衣，穿的是僧衣，印度氣候炎熱，一襲黃布裹在身上即成袈裟；食，吃的是素食，十分簡單，隨處皆可化緣；行，光着腳丫子走路，赤足跣行；惟有住的問題較難解決，僧侶認為自己是出家人，不能總住在尋常百姓家，於是，鹿野苑（Sārnāth）成了他們最初的住所，被稱為精舍（梵音 Vihara），又稱伽藍。精舍是一個中國化的稱謂，初指儒家講學之地，後指僧侶修行的住所。伽藍，又譯僧伽藍，是梵語「僧伽藍摩（Samgharama）」的簡稱。這就是佛教寺院的濫觴。到了後來，一座完整的寺院建築必須具備七個組成部份，稱為七堂伽藍，即包括佛殿、佛塔、經堂、藏經樓、僧舍、齋堂、鐘

毗濕奴青銅像。公元十三世紀，現藏於曼谷國家博物館。

素可泰時期佛像。公元十三世紀，現藏於清邁國家博物館。

墮羅缽底青銅佛。公元七—十三世紀，現藏於佛統國家博物館。

真臘時期佛像。公元十二世紀，現藏於清邁國家博物館。

三佛齊時期佛像。公元七—十四世紀，現藏於曼谷國家博物館。

蘭那泰時期佛頭。公元十二世紀，現藏於清邁國家博物館。

素可泰時期佛頭。公元十三世紀，現藏於曼谷國家博物館。

佛寺模型。佛寺是佛祖及僧侶的住所。泰國的佛寺加入了泰國傳統的建築元素，這就是干欄式建築。圖中所示模型，充份展示了泰國佛寺的特點。現藏於清邁國家博物館。

樓。佛寺是早於佛像的，佛陀在世時便有佛寺了。

佛陀時代的鹿野苑究竟是甚麼模樣今天已不可得知。好在公元七世紀玄奘到印度留學的時候，曾親眼見到了當時的鹿野苑，《大唐大慈恩寺三藏法師傳》說：「渡婆羅痆斯河東北行十餘里，至鹿野伽藍，台觀連雲，長廊四合。僧徒一千五百人，學小乘正量部。大院內有精舍，高百餘尺，石階磚龕，層級百數，皆隱起黃金佛像。室中有鍮石佛像。量等如來身，作轉法輪狀。精舍東南有石窣堵波，無憂王（即阿育王）所建，高百餘尺。前有石柱，高七十餘尺，是佛初轉法輪處。」正如玄奘所言，公元七世紀的鹿野苑伽藍已經發展得規模宏大，可供一千五百名僧侶住宿。精舍高百餘尺，高大寬敞。磚石砌的佛龕，供奉着石佛像和金佛像。室內有一尊真人大小的如來佛像，擺出初轉法輪的姿勢。精舍東南有一座阿育王建的佛塔，高百餘尺。塔前有一石柱，就是佛陀初轉法輪的地方。

印度歷史上的第一座伽藍是由摩揭陀國王頻毗沙羅（Bimbisara）王布施建造的，為精舍式僧伽，包括佛殿、佛塔和僧寮，是印度佛寺之濫觴。

泰國是南傳佛教的一個重要據點，泰國的佛寺不可避免地加入了泰國傳統的建築元素——干欄式建築。人類的始祖居住形式不外乎兩類：一類是巢居，像鳥雀一樣在樹上築巢，後來演變為干欄式的高腳屋；另一類為穴居，利用天然山洞，或掘穴而居，有如走獸，後來演變為窰洞和地面上的房屋。晉人張華的《博物誌》說：「南越巢居，北朔穴居，避寒暑也。」巢居和穴居代表着兩種不同的文化源流，以後發展為兩種不同的建築風格和樣式。巢居演變為高腳屋或建在高台基上的建築；穴居演變為山洞、石窟或地面上的建築。

泰國的寺廟從一開始就打上干欄式建築的烙印。泰北蘭那泰的寺廟，至今仍保持高腳屋的形狀，一如中國雲南西雙版納地區的寺廟。泰國中部和南部的佛寺，都建在一個高台上，亦是從干欄式建築演變而來，其優點是，雨季時佛寺不會被水淹。蘭那泰的寺廟以清邁的齋滴鑾（Chedi Luang）寺為代表。

泰國的寺廟一般由兩大建築組成：佛殿和佛堂。佛殿是供奉佛像和舉行宗教儀式的場所，佛堂則是僧侶修行和憩息的地方。然而，根據素可泰王朝初期的碑銘及佛寺遺址顯示，素可泰王朝時期只有佛殿，而沒有佛堂。佛龕置於正中央，位於中軸線上，前面是舍利塔。

蘭那泰佛寺

佛寺前的佛像

清邁帕辛寺

這種建築樣式是從錫蘭引進的。後來出現了佛堂，它常被置於佛寺的邊沿，規模也不大，僅夠二十一位僧侶操辦佛事。佛殿或佛堂皆用磚砌，抹以泥灰。狹窄的窗戶排列於牆上。木製的屋頂上面裝飾着陶瓷做的龍鳳角。素可泰王朝時期的佛寺因為是木質的屋頂，所以大多已被毀壞，現今只能看到石柱、佛像和佛塔的遺跡。

阿瑜陀耶王朝時期佛寺的一大變化是佛堂變得比素可泰王朝時期重要多了。佛堂建得跟佛殿一般大，位置也挪到前面比較重要的地方。這時，工匠們開始建造講經堂。從頌曇王（Songtham，一六二〇——一六二八年在位）起佛堂也在牆上鑿窗戶，窗戶由小變大，還安了可以關閉的窗門。佛堂窗門是精美的工藝品，上面有描金花紋、玻璃碎片裝飾和漂亮的窗拱。佛堂的前、後兩面有伸出來的棚樓。柱子有圓柱、八角柱或四方柱，柱的頂端為層層重疊的蓮花瓣。山牆上喜歡鐫刻毗濕奴和他的坐騎大鵬金翅鳥，後又流行繪畫一些色彩鮮豔的樹木。佛堂的基座常建成兩端上翹的船型。

到了曼谷王朝初期，寺廟建築皆仿照阿瑜陀耶王朝時期的式樣，連建築物的名稱都沿襲過去。佛殿、佛堂的基座亦建為船型，寓意像帆船一樣駛離苦海，從而達到涅槃的彼岸。曼谷王朝初期的寺廟建築，明顯地表現了統治者力求保存各種傳統文化風俗，並在原有的基礎上有所發展的意圖。這段時期建的佛寺，除了佛殿（僧侶聚會之地）、佛堂（舉行宗教儀式的場所），還增添了經堂（居士們誦經之所）、藏經閣、鐘樓、僧寮和佛塔，明顯受中國七堂伽藍建築樣式的影響。大批華人工匠參加了泰國許多著名寺廟的修建。拉瑪一世至拉瑪三世時期建築的寺廟，為中泰建築藝術的融合。拉瑪五世以後，漸漸接受了西方建築的影響。

寺壁的浮雕

從古至今，泰國人在修建寺廟方面表現出來的極大熱情，是其他國家、地區所無法比擬的。正如《新元史》「八百媳婦」條所說：「每村立一寺，每寺建塔，約以萬計。」《海國圖誌》卷七「暹羅」條亦說：「（暹羅）尊奉印度佛教，凡事苟且節儉，惟修建寺宇，則窮極華靡。」《明史》暹羅傳說：「富貴者尤敬佛，百金之產，即以其半施之。」出現這樣的情況，須從佛教的教義中尋找原因。佛教把布施視為第一大善舉，《上品大戒經．校量功德品》說：「施佛塔廟，得千倍報；布施沙門，得百倍報。」原來捐款建廟，可以得到千倍的福報，比做任何善事的福報都多。一般信眾都把信佛做善事當作對來世的儲蓄和投資，今世行善，來世收益；投資愈多，收益愈豐。在此精神動力的感召下，寺廟有如春筍般破土而出。

佛塔跟佛寺一樣屬於建築藝術的範疇。不同的是，佛塔出現比佛寺晚，佛塔是伴隨佛祖涅槃才出現的，佛塔是保存佛舍利的墳塚。塔梵名 Stupa，漢譯窣堵坡，原意為墳塚上的建築物。雖然印度早在吠陀時期就出現窣堵坡這個詞，但窣堵坡只有在跟佛結緣後才變成現代意義的佛塔。錫蘭稱佛塔為 dagoda，其義為安奉舍利之場所。緬甸稱塔為 pagoda，大概從錫蘭的 dagoda 而來，中文通譯大瓜巴。泰國則稱塔為 chaidi，音譯為齋滴，可能是從 chaitya（支提）而來，因古代錫蘭稱圍繞着主塔的小塔為支提。中國西藏的喇嘛塔稱為 chorten，漢譯喬爾天。日本的塔屬於北傳佛教，通稱窣堵婆或塔婆，源於窣堵坡。佛塔從印度分別向南、向北傳播，其造型千變萬化，呈現出千姿百態，但萬變不離其宗，皆由五個部份組成：

一、台，又稱台基，或方或圓，是塔的基座。

二、覆缽，又稱覆鐘，台基上面的半球部份，狀如倒翻的缽或鐘。

素叻他尼府的帕波羅麻它佛堂（Wat Phra Boromathat Chaiya Rat Worawihan）。
泰國的寺廟一般由佛殿和佛堂兩大建築組成。佛殿是舉行宗教儀式的場所，佛堂是僧侶聚會之地。

三、平頭，亦稱寶座，置於覆鉢上的方箱形建築。周圍繞以欄楯。後世常於平頭周圍造龕，安置佛像。

四、竿，用以標示此是聖地。

五、傘，即華蓋，建於塔頂，數目從一重至十三重，數目多寡標示悟道深淺。

根據佛教經典的規定，塔分為四類：

一、舍利塔，用來存放佛骨舍利或國王、高僧的骨灰。

二、紀念性塔，建在佛誕生處、悟道處、初轉法輪處和涅槃處。

三、藏經塔，收藏三藏經典和宣揚苦、集、滅、道四聖諦。

四、奉獻的塔，用以奉獻給佛祖，沒有規定要建成統一式樣，比如，可以建一個佛座代表佛祖。

另外，也可以根據塔的地位、作用、外觀、形狀來分類。

塔根據其地位和作用，分為主塔和副塔、列塔。主塔是一座寺裏最重要的塔，規模比同一寺裏的其他塔都大，地位突出，以它為主；副塔是主塔四周的小塔，是主塔的陪襯；列塔散佈在主塔周圍，距離主塔的位置較遠，不如小塔跟主塔那般親密。根據塔的外觀和形狀，則可以分為覆鉢式塔（覆鐘式塔）、方形塔、八角式塔和宮殿式塔。

塔的建築材料因地制宜，有木塔、磚塔、鐵塔等。泰國常見的塔是用鐵礬土或磚砌成，外面塗泥灰。小塔也有用陶瓷或青銅製成。

泰國的塔可以分為墮羅缽底、三佛齊、真臘（吉篾）、蘭那泰、素可泰、阿瑜陀耶和曼谷王朝等不同時期的塔。各個時期修建的塔，既有傳承關係，又有明顯個性，並凸顯出時代和地方特點。

墮羅鉢底佛塔以佛統大金塔為代表，是佛教傳入佛統地區的標識。在佛統博物館裏，擺放着一些早期墮羅鉢底式的佛塔，用鐵礬土製成，雖然簡陋粗糙，卻有一種古樸之美。

三佛齊佛塔以素叻他尼府差也城的帕波羅麻它佛塔為代表，大約建於公元七五七年，屬大乘教派。該塔除塔頂坍塌重修過外，基本保持舊貌。從埋在地下的塔基至塔頂高二十四米，建在一個近似四方形的基座上。從外面看，塔檐分為三層，向上依次縮小。每層有八座模擬小塔，計二十四座。蓮花瓣形的塔頸之上，是一個八角形的覆鐘。覆鐘的上面是寶座和塔尖。原來的塔尖是銀的。塔尖上端是金華蓋，共三層，銀製包金，重八十二銖三沙楞／一千二百三十點七五克（一銖重十五克，等於四沙楞）。原件被盜。一九三八年寺方用鍍金代替，現在由國家出資製純金華蓋放置上面。該塔被列為全國重點文物保護單位。

吉篾式塔是真臘時期留下的建築，柬埔寨語稱之為「巴剎」，原是婆羅門教的廟宇，後泰人模仿其主塔建為「巴朗」。這種「巴朗」塔和泰人稱作「齋滴」的佛塔有明顯不同，其塔的上截有如一玉米棒，或者說像一個菠蘿。

蘭那泰佛塔受印度的影響很深，以清盛柚木寺的佛塔為代表。塔的底座呈四方形，並層層向上疊起。底座的四面有拱形佛龕，佛龕裏供有佛像。作為塔身的方箱四周亦有佛龕和佛像。惟有塔尖變為圓錐形，直指雲端。

清邁齋滴鑾寺的舍利塔，是蘭那泰佛塔的另一類代表。此塔高九十八米，寬五十四米，

三佛齊佛塔。它是大乘教派的佛塔代表，
此塔為素叻他尼府差也城的三佛齊佛塔。

建於一四八一年，在一五四五年的地震中塔尖被震毀，只剩下四十二米高的塔基和首層。儘管齋滴鑾寺舍利塔經歷了數百年滄桑，閱盡人世興衰，但是它依然保持偉岸的英姿。

七座寶塔是蘭那泰佛塔的精品，坐落在離清邁城四千米的柴右（Chet Yot）寺，仿印度菩提伽耶（Phuttakaya）佛塔的建築結構，又類似藏傳佛教的金剛塔。四方形塔座上建有七座小塔，塔座四周有一連串的佛像，其端莊穩重，造型奇特。

素可泰佛塔是一種名叫飯糰花球的佛塔，或者叫蓮花形佛塔，因為塔的上部猶如一朵飯糰花或蓮花。

阿瑜陀耶佛塔以吉篾式的「巴朗」最為常見，還有方楞式塔，以後又流行錫蘭的覆鉢式塔。最著名的覆鉢式塔是帕希訕派（Phra Sri Sanphet）寺的三塔。波隆摩羅闍三世（Borommarachathirat Ⅲ）一四八八年即位以後，修了兩座塔紀念先王。他逝世後，其子又為他修了一座塔，合稱三塔，存放他們的骨灰。三塔曾被盜。泰國藝術廳工作人員從塔底搶救出一些文物。

曼谷王朝佛塔集以往各時期佛塔建築藝術之大成，創造了五彩繽紛、千姿百態的精品佛塔。其中以大皇宮的佛塔和黎明寺塔最讓人稱道。大皇宮裏薈萃了覆鉢式塔、方形塔、八角式塔和宮殿式塔等各式各樣的造型，集中了各時期佛塔藝術之精彩，堪稱泰國佛塔的博物館。黎明寺塔又稱鄭王塔，坐落在曼谷對岸的吞武里（Thon Buri），塔高七十九米，為吉篾式，塔尖呈楊桃瓣形，塔底有金剛力士托塔，金碧輝煌，燦爛奪目，儼然曼谷的地標，亦是紀念鄭王驅緬復國歷史的一座豐碑。

清邁齋滴鑾寺的舍利塔。此塔為
蘭那泰佛塔的代表。

七座寶塔。這座塔是蘭那泰佛塔的精品，坐落在離清邁城四千米的柴右寺。

佛塔作為佛及僧侶涅槃和圓寂後的永久歸宿，其價值在於它的象徵意義和紀念性。不同民族、不同時代的人都按照他們的理解方式、價值觀念、審美意識來修建佛塔。泰國各個時期修建的佛塔，既有傳承關係，又有明顯個性，並凸顯出時代和地方特點，是泰國佛教藝術的一個亮點。

佛像、佛寺、佛塔構成了佛教藝術的主要內容。所謂佛教藝術，是通過藝術家的勞動和再創造，把要表現的佛教內容及對象加以提煉和昇華，將當時流行的審美觀、價值觀巧妙地融入其中，並打上強烈的時代烙印。佛教藝術的表現力是使佛教直觀化、生動化、具體化，從而更具有視覺和精神上的感染力、震撼力和美感。

對佛像、佛寺、佛塔基本知識的了解，是鑑賞佛教藝術的基礎。了解的知識愈全面，愈深邃，才愈具備鑑賞能力。

在泰國旅遊，滿眼所見皆是佛像、佛寺和佛塔，由此，你可以看到泰國歷史進程的演義，並進一步看到泰國人的宗教信仰、生活方式、價值取向、風俗習慣、國民性格、政治制度等佛教藝術所包含的人文內涵，從而加深對泰國的了解和認識。為甚麼佛教在泰國社會生活中佔有十分重要的地位？為甚麼九成以上的泰國民眾信仰佛教？為甚麼佛教、國家和國王是他們精神力量的三根重要支柱？為甚麼泰國憲法規定泰國國王必須是佛教徒？對這些問題的解答，都包含在泰國佛教藝術的人文內涵中，可以說，不了解佛教藝術，就讀不懂泰國文化。

七座寶塔浮雕

幸福自由的素可泰人

素可泰王朝時期（一二三八—一四一九）

素可泰王朝時期佛像

素可泰王朝時期佛塔
與倒塌的大殿

泰國史學界普遍認為，一二三八年建立的素可泰王朝是泰人建立的第一個國家。在泰語裏，「素可」是幸福的意思，「泰」是自由的意思。素可泰人意為幸福自由之人。

素可泰王朝是從高棉人的統治之下獲得獨立的，當時的社會處於原始部落軍事民主向君主專制國家轉換的階段，因此人民感到了前所未有的民主和自由。

素可泰王朝時期，地廣人稀，對人口和勞動力的控制要遠遠勝於對土地的控制。戰爭的目的，不僅僅在於爭奪土地擴大疆域，更重要的是在於爭奪財富和勞動力。所以蘭甘亨（Ramkhamhaeng）石碑有記載：「當我（指蘭甘亨）襲擊一個城市或鄉村，俘獲大象、有身份的青年、少女、金和銀時，我都把它們獻給我的父親。」

素可泰王朝時期的社會結構主要由下述幾個階層的人員組成：

「詔」，《蠻書》說：「夷語王為詔。」在泰語裏，「詔」不僅是「王」的意思，也有「頭人」、「主人」之意。「詔」是一個階層，代表統治階層，包括國王、官吏和莊園主。

「派」是「詔」的依附民。「派」雖然在名義上保持人身自由，但他們被束縛在土地上，不得隨意遷徙，不得變更主人。「派」平時在家種地，戰時便要拿起武器，自帶乾糧，當兵作戰。

「子民」（魯坤），即一般的平民。國王聽任子民去開墾荒地，建森林、果園，但子民只有使用權，沒有所有權。普天之下的土地，都屬於國王所有，所以國王名叫「詔佩丁」（土地的主人）。

商人，蘭甘亨石碑說：「國王不向他的子民徵收過路錢，他們牽着牛騎着馬去賣。誰願

素可泰王朝時期青銅佛。現藏於素可泰蘭甘亨國家博物館。

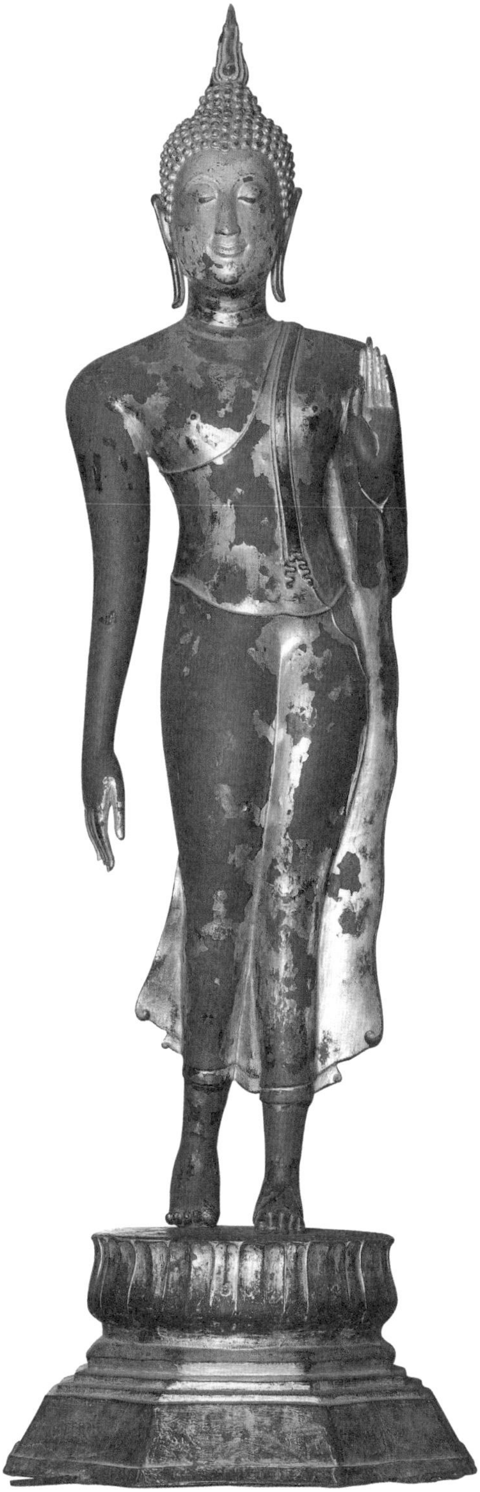

素可泰王朝時期鍍金佛。現藏於素可泰蘭甘亨國家博物館。

意去做象的買賣，就去做；誰願意去做馬的買賣，就去做；誰願意去做銀和金的買賣，就去做。」說明素可泰時期確實存在商人階層。由於素可泰人口的絕大多數屬於「派」，「派」沒有遷徙的自由，故無法經商。商人階層中多數應是外國僑民，即中國人和印度人。

財主階層，在蘭甘亨石碑還提到財主階層。泰國歷史學家尼提．姚西翁（Nithi Yaosriwongsa）認為，財主階層大概指印度的三個最高的種姓：婆羅門、剎帝利和吠舍。素可泰王朝時期受印度文化的影響很深，因此婆羅門教在泰國十分流行，婆羅門教士人數可觀。王室成員屬於剎帝利，商人屬於吠舍。這三種人掌握大量財富，構成了財主階層。

工匠，這是一批手工業個體勞動者，掌握着某種專門技術，從事房屋和寺廟建築，製造佛像或各種美術工藝品，也製作陶瓷、家具、衣服、器皿等日常生活用品。在素可泰王朝，工匠被「詔」所控制，失去人身自由，依附於「詔」。

奴隸處於社會的最底層。其來源主要是戰爭的俘虜，或者是因天災人禍賣身為奴的人。

宗教界人士，包括僧侶，還有碑文中提到的「白衫兒」。「白衫兒」曾一度剃度出家，因各種原因還俗，後又回到寺廟中幫助僧侶處理一些事務。他們身着白衫，故名「白衫兒」。另外，還有大批的宗教信徒，稱為善信。素可泰王朝時期的僧侶有較大的自主權，僧長由他們自己選舉產生。

一八三三年，曼谷王朝拉瑪四世即位前作為一位僧侶來到素可泰王朝遺址朝聖，發現一塊邊緣有淺浮雕圖案的石板，正是當年素可泰國王蘭甘亨（一二七五—一三一七年在位）的御座，同時還發現高一百一十厘米的圓錐頂石碑，四面為三十五厘米的正方形，鐫有古泰

素可泰王朝時期行走佛。它位於素可泰歷史公園的遺址內。

素可泰時期佛像。這些佛像在頭部、髮髻、臉型、眉毛、鼻子、手臂、手指等處都有明顯的特徵。現藏於曼谷國家博物館。

素可泰王朝時期立佛。
現藏於曼谷國家博物館。

素可泰王朝時期佛頭。現藏於
素可泰蘭甘亨國家博物館。

古孟文——吉篾文殘片。
現藏於佛統國家博物館。

文，這就是後來聞名於世的蘭甘亨石碑。

國王的御座和蘭甘亨石碑成為研究素可泰王朝歷史的重要依據。

從國王御座我們可以看出王室和僧侶是國家政權的核心。王權和神權相結合，實行家長制統治，帶有原始社會的部落民主成份。當時，國王還沒有被稱為「詔佩丁」（意為國王），而是被稱作「潑」（意為父親），如蘭甘亨就被稱為「潑蘭甘亨」。

蘭甘亨石碑說：「領導着由嵯嶺城和素可泰城組成的王國的潑蘭甘亨，命令他的工匠雕製一塊石板，放置在十四年前種植的這些糖棕樹之間。在新月之日，在盈月的第八日，在滿月之日，在虧月的第八日，其中一個貼拉或瑪哈貼拉級的僧侶登台坐在石板上，向遵守戒律的百姓宣講佛法。在不是講佛法的日子裏，嵯嶺城和素可泰城潑蘭甘亨就登台坐在石板上，讓官吏、貴族、親王同他討論國家的事情。」

蘭甘亨王曾派人專程去錫蘭請來上座部的高僧，在素可泰地區弘揚上座部佛法。他大興土木，修建寺院，當時最著名的佛寺是素可泰城西的石路寺，這是蘭甘亨專門為從斯里達瑪拉乍邦來的高僧摩訶貼拉·撣哈瓦乍而建的。寺內塑有一尊高約九米的佛像。城內和城郊建有許多佛殿。每逢盈月的第八日和虧月的第八日，由僧侶登台宣講佛法。每年七月進入雨季，僧侶皆在寺中守夏念經，不復外出。一月之後，守夏結束，要舉行隆重的齋僧儀式。到了第五代的利泰王（Lithai，一三四七—一三六八年在位）時，他曾派使節去錫蘭請來戒師，為國王本人受戒出家。從那時開始，泰國每位國王都要出家一段時期，此傳統沿襲至今，成為定例。利泰王著有《三界論》一書，論述慾界、色界和無色界三界輪迴的各種情況。這本書被認為是泰人所著的第一部佛教著作。

蘭甘亨石碑大約鐫刻於一二九二年，按照石碑的說法，泰文字母是由蘭甘亨王創立的，他把古孟文和古高棉文加以改造，創造了四十四個輔音字母和三十二個元音字母，並增添了四個聲調符號，用這種新創造的字母鐫刻了蘭甘亨石碑，此為第一塊使用泰文的碑銘。

文字的發明和使用，無疑是素可泰王朝在民族文化方面的一大建樹。泰文字母的發明，同其他文字一樣，是一個緩慢發展的過程。通過考古發現的泰國古代文字，是從公元五世紀至十八世紀這段時間逐漸形成並定型的，可分為四個階段：

一、使用南印度巴拉瓦（Palava）字母時期

這段時期約二百餘年，從公元五世紀到六世紀，甚至七世紀初期，在墮羅缽底、三佛齊和真臘時期，都使用南印度巴拉瓦文字。

古孟文 —— 吉篾文殘片。現藏於烏通國家博物館。

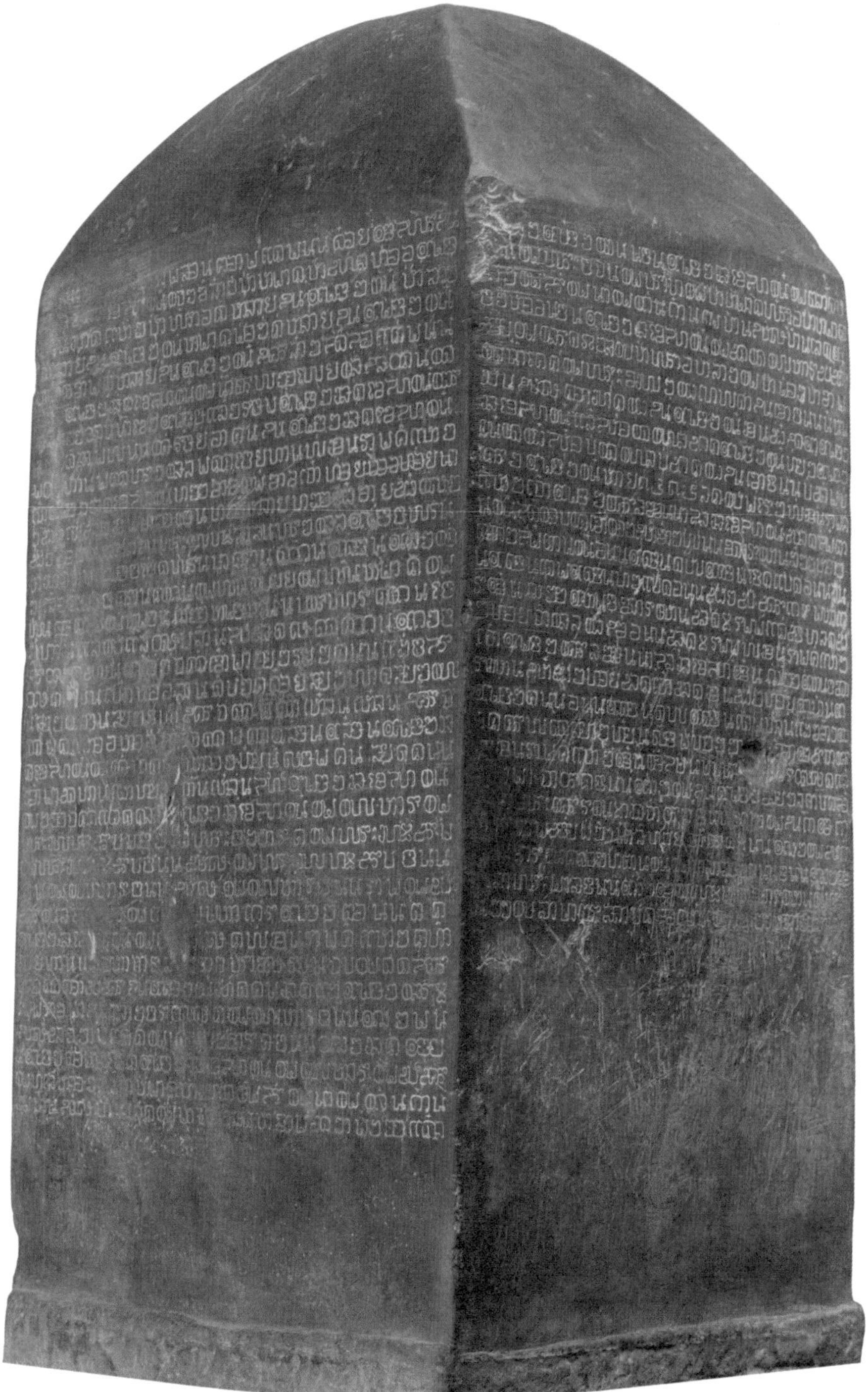

蘭甘亨石碑。這塊石碑鐫刻於一二九二年，是僅存的第一塊泰文石碑。現藏於曼谷國家博物館。

二、巴拉瓦字母的發展時期

第二階段巴拉瓦字母發生了變化，有了一些發展，但大體和原來相似，稱為「後巴拉瓦字母」，從公元七世紀至九世紀，大約三百年。

三、使用吉篾字母時期

第三階段，曾出現在現今泰國版圖上的各個國家，根據各自的特點，將巴拉瓦字母進行改造，真臘國創造了古吉篾文字。在泰國境內發現的古吉篾文碑銘，從公元九世紀到十三世紀，共有一百多塊。三佛齊國則將巴拉瓦字母發展為嘎威（Gavi）字母。泰國所發現的嘎威字母其年代為公元十二世紀。第三種從巴拉瓦字母發展起來的文字是哈利奔猜國的古孟文字母，存在於公元十一—十二世紀。還有一個重要的來源是從緬甸孟族傳來的孟文。使用古孟文的時間長達四百年，從公元九世紀到十三世紀。

素可泰王朝時期泥塑大象。
位於素可泰蘭甘亨國家博物館院內。

四、使用泰文字母時期

這個時期有兩種情況，一是維持原字母及拼寫規則。泰文字母有兩個系統：吉篾——泰文系統和蘭那泰文系統。前者源於古吉篾文，從素可泰王朝一直使用到曼谷王朝，即公元十四——十八世紀。而蘭那泰文則經瀾滄王國（位於中國雲南）傳到泰東北地區，使用於公元十六——十八世紀。二是改變原字母及拼寫規則。素可泰字母從古孟文和古吉篾文發展而來，使用時間為公元一三——十四世紀。後發展為阿瑜陀耶和現今泰國使用的泰文。在蘭那泰（今清邁）則發展為「豆莢字母」，公元十四——十八世紀發展為「表述字母」。素可泰字母和「豆莢字母」以後又發展為瀾滄王國和泰東北地區使用的小泰字母。時間為公元十五——十七世紀。

泰人的先民從公元十三世紀到十七世紀，在四百餘年中共使用了七種字母。

素可泰蘭甘亨王的功績，在於他將古孟文和吉篾文改造成泰文字母，規範了拼寫規則，就像中國的秦始皇實行「書同文」一樣，使泰國有了統一的文字，對泰國的政治統治和經濟發展起了重要作用。

宋膠洛陶瓷是素可泰王朝時期在文化方面的另一輝煌建樹。宋膠洛是素可泰府的一個縣，古時候是重要的陶瓷產地。將在暹羅灣打撈出來的古代陶瓷碎片跟在菲律賓發現的中國古陶瓷進行對比研究，學者們斷定宋膠洛陶瓷的年代在公元十四——十五世紀之間。

宋膠洛陶瓷明顯地受到中國陶瓷的影響。曾經有學者認為，素可泰王朝的蘭甘亨王曾親

仿製的宋膠洛（Sawan-khalok）瓷窰。位於素可泰蘭甘亨國家博物館院內。

自訪問過中國，並從中國帶回了一批製造陶瓷的工匠，在宋膠洛開窰燒瓷。後來的研究結果證明，蘭甘亨王本人沒有到過中國，有可能是中國的陶瓷工匠通過官方交往或私人途徑來到宋膠洛幫助燒瓷。素可泰舊城現今還有一些被稱為都良窰的古窰遺址，其名稱應該是從中國江西景德鎮的富良窰演變而來的，因譯音稍偏，「富良」便成了「都良」。

宋膠洛陶瓷有兩個主要產地，一個在素可泰城，另一個在宋膠洛。

素可泰舊城的窰址稱為都良窰，這個窰燒製的陶瓷，特點是質地較粗，先在陶上塗一層白泥，再描黑色的花紋，最後再上一層淡綠色的釉。

宋膠洛魚紋盤。現藏於素可泰蘭甘亨國家博物館。

宋膠洛外銷瓷。現藏於素可泰蘭甘亨國家博物館。

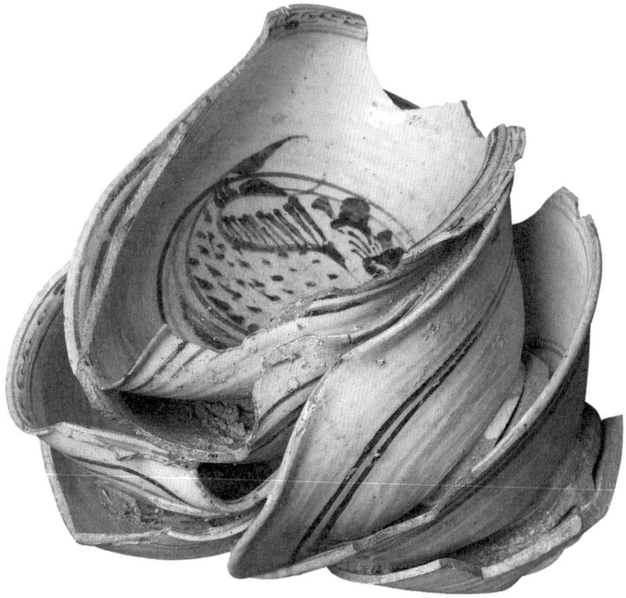

宋膠洛各式瓷器。
現藏於素可泰蘭甘亨國家博物館。

比較常見的裝飾圖案是螺紋、環紋、魚紋和花卉紋。特別是魚形圖案成了素可泰陶瓷的一個象徵。

從宋膠洛陶瓷的造型及紋飾不難看出它與中國陶瓷的師承關係。有的宋膠洛陶瓷底部有蓮花圖案，為犬牙交錯的蓮花瓣。一些陶瓷容器的頸口處亦有蓮花瓣的紋飾，容器的外部也有蓮花花紋。而蓮花瓣的紋飾恰好是中國元朝時期最為流行的紋式，這種形制的陶瓷產於中國浙江省的龍泉窰。更為有趣的是，在現存的宋膠洛陶瓷中，還發現外觀造型如柿子的瓷器，而柿子是中國北方特有的果類，泰國本土從來沒有這種水果，可見宋膠洛陶瓷受到過中國陶瓷的影響。

宋膠洛府古代有一個西沙差那萊縣（Si Satchanalai），在距離該縣城牆僅五百米的橡膠林中，考古人員發現了許多古窰遺址，而且都是磚窰。在這裏發現了大量陶瓷器皿的碎片和建築裝飾品的殘骸，如陶俑、獸、龍、蛇等的殘片，由此斷定此為官窰。它們做工精緻，造型優美，是素可泰王朝時代用於外銷的商品。

另外在宋膠洛城外，永河之濱的小島區裏也有一些古窰，被稱為槎良窰，因為宋膠洛還有一個古名叫槎良（Chalain）。槎良窰的產品跟後期華富里的陶瓷相似，陶瓷粗糙，多上棕色釉。而後期陶瓷則完全按照中國龍泉瓷的方向發展，即用高溫燒製，使其產生美麗的色彩，有翠綠、灰綠、墨綠、淺灰、靛藍等顏色，其產品在東南亞一帶備受歡迎。

槎良窰跟素可泰窰產品的鑑別，可以從底部看出來。素可泰窰燒製的時候，用五根支架來支撐陶坯，故燒出來的產品底部有五個疤痕。槎良窰沒有用支架，而是直接放在案几上，

陶瓷佛像殘片。現藏於素可泰蘭甘亨國家博物館。

素可泰王朝時期的殘破的佛像。現藏於素可泰蘭甘亨國家博物館。

洛坤古城牆。洛坤建城之初就有土城牆和護城河，一四〇七年阿瑜陀耶拉梅萱（Ramesuen）王將一批蘭那泰人移往洛坤並在城牆外插上木樁，填土增高。一五五七年改為磚建，以防葡萄牙人進攻。那萊王時期僱法國工程師改建為現存模樣。

所以底部有一個小圓圈。

宋膠洛陶瓷給素可泰王朝帶來了巨大的收入，不僅在王朝版圖內進行買賣，而且還沿着各條河流順流而下，出口至馬來西亞、印度尼西亞、印度、菲律賓和錫蘭。連埃及的西奈半島都發現有宋膠洛陶瓷。現今素可泰時期的宋膠洛陶瓷已經很難尋覓，一件宋膠洛古陶瓷精品的價格高達上百萬銖。

素可泰時期的文學作品主要是碑銘文學和佛教文學。

《蘭甘亨石碑》是碑銘文學的精品，其內容分為三部份：第一部份以第一人稱的口吻敘述蘭甘亨國王的經歷；第二部份敘述他修建寺廟供奉佛舍利的情況；第三部份可能是時隔多年後補刻的，改用第三人稱，歌頌蘭甘亨國王的豐功偉績，字體亦有改變。《蘭甘亨石碑》之所以被視為泰國著名的文學作品，是因為其碑文文字優美流暢，文句語調鏗鏘，類似散文體的韻文。文中有「田中有稻，水中有魚」的形象描寫，成為泰國文學史上的千古絕唱。

《巴芒寺石碑》是利泰王下令鐫刻的。內容記述利泰國王登基、修行、苦讀、出家等事蹟。補充反映了蘭甘亨後素可泰王朝的歷史和社會情況。類似一篇以歷史為題材的散文。

《三界經》的作者是利泰王，這是由泰人撰寫的第一部佛教著作，開啟了泰國佛教文學之先河。本書資料來源廣泛，引用了三十多部佛經，匯集了當時所有的佛教知識。它將世界分為三界：慾界、色界和無色界。慾界有十一處，生存於慾界的人都還有慾望，因其修行的高低分處於十一個不同的等級之中；色界，是禪定後達到的階段，分為十六等，此時的人已無慾，但還有形，還和大千世界有聯繫；無色界有四級，是禪定的最高境界，已無形體。書

清萊古城牆。一面修成斜坡，可以防洪水。

素可泰古城遺址

中講述了人的轉世輪迴、佛教教義，並生動形象地描述了傳說中的佛教仙境、奇珍異獸。

《帕朗格言》是詩歌體，收錄格言一百五十八條，作者不詳。其內容反映了古代泰人的人生觀、價值觀和道德觀。其名為「帕朗」，是採用素可泰王朝時期出現的一種詩體，託名素可泰王朝時期的作品，以增加其權威性。

《娘諾瑪》是以本書的作者之名命名。娘諾瑪父親是婆羅門，擔任朝廷高官。母親名叫雷瓦迪。娘諾瑪十七歲時，被父親送進王宮，做利泰王的王妃。書中一開始就敘述了她的身世，記述了後宮的生活，特別是詳細描述了一年之中九個月的各種祭拜儀式，另外三個月是守夏節。書中還說到宮廷官員的行為和禮儀準則，並穿插一些故事，明顯有訓戒臣民的作用。但學者們認為，此書極有可能不是素可泰王朝時期的作品，因為書中提到了一些素可泰王朝時期不可能出現的人和物，如美國人、大炮等，大概是後人偽託。但也有人認為，書中所記九個月內舉辦的各種儀式與事實大體相符，或許後人做了增刪補充。

素可泰王朝時期的泰族承襲了古代百越民族傳統的干欄式建築，這顯然跟泰國的地理環境和氣候條件有關。泰國地處熱帶和亞熱帶，天氣濕熱，沒有四季寒暑的變化，只有旱季和雨季。每年四月至十一月為雨季，十二月至次年三月為旱季。每當雨季來臨之時，常是連日暴雨，洪水氾濫，淹沒田野和莊稼。然而居住在高腳屋中的民眾，因其樓板高出地面數米，通常可藉此躲避水患。到了旱季，樓底可以飼養家畜，樓上住人，清涼爽快。

素可泰古城佛塔與佛殿

素可泰古城中泥塑坐佛

素可泰時期瑪哈泰寺立佛

素可泰時期瑪哈泰寺坐佛

素可泰王朝時期一般居民的房屋建築都比較簡陋，茅草蓋頂，竹片墊樓板，樑柱則用質地堅硬的樹木。比較富裕的人家、村長或者社會上層人物，則建一種稱為「嘎來」的房屋。「嘎來」這個稱呼是現代的建築學家命名的，因屋脊相交的那一部份泰語稱為「嘎來」，而這種屋子正是特別講究對「嘎來」的雕刻裝飾，故命名「嘎來」。繼「嘎來」式古典建築之後，又出現一種被稱為木樓的民居建築。這種建築跟泰國中部的建築藝術相融合，外觀隨時尚及人們的喜好而變化。有的木樓採用鏤空的花紋來裝飾，做工精細，堪稱木雕藝術的精品。

上述三種房屋，其大小或式樣雖各有異，但都由幾個相同的部份組成：

一、樓梯和拴狗柱。

二、平台，可以用來乘涼、會客、吃飯和做佛事，如果家裏有成年少女，亦可作為傍晚小夥子和姑娘的幽會之地。

三、水店，放置水缸的地方。

四、臥室，僅供家庭成員憩息的地方，外人和客人是不能進去的；如果外人跨越臥室的門檻，便是對主人祖宗神靈的褻瀆。

五、廚房，做飯和吃飯的地方。

素可泰王朝在中國史籍中被稱為暹國，與中國元朝保持着良好的關係，並多次有使節互訪。一三四九年地處華富里的羅斛國舉兵滅暹，從此改稱暹羅斛或簡稱暹羅。其統治範圍主要包括素可泰城、西沙差那萊城（又名嵯良城）和甘烹碧（Kamphaeng Phet）城。素可泰城是素可泰王朝的中心，面積七十平方千米，從公元十三世紀到十五世紀，是最輝煌發達的時

西春寺遠眺。這尊佛像是素可泰時期佛像的經典之作。

巨大的佛手特寫

西春寺大佛。這是一尊泥塑巨型坐像，被素可泰
時期的碑銘稱為「不可動搖之佛」。

坐在那伽身上的佛

佛塔神龕中的立佛

吉篾式佛塔上的浮雕

期。城中的主要建築是王宮和眾多的佛寺。現今素可泰城還保留着王宮和許多著名佛寺的遺址，供人參觀憑弔。

西沙差那萊城為素可泰王朝利泰王的國都。素可泰王朝時期的許多塊碑銘都提到西沙差那萊城在佛曆一七八〇年（公元一二三七年）以前就存在了，最初規模很小，由披耶希瑙納陀（Pho Khum Sinownamthom）統治。在中國古籍中稱為「上水」，交通方便，「可通雲南後門」。現在西沙差那萊城還保留三處重要的遺址：

一、永河流域古代居民遺址。還可以看到城牆的土埂，鐵礬土的痕跡。

二、四周用鐵礬土築的城牆圍起來的舊城遺址。

三、永河流域工匠聚居的遺址。

這一地區使用的建築材料最早是用鐵礬土，後來用磚瓦。屋頂是木樑上覆瓦。柱子、牆壁、門框用泥灰裝飾。當地居民主要是高棉族，信仰婆羅門教和大乘佛教。素可泰王朝建立後才改信小乘佛教。現存佛塔有兩種樣式：一種是緬塔，狀若覆鉢；另一種稱為「巴朗」，外觀像玉米，源於印度和高棉。這裏的人十分擅長泥灰雕塑，用泥灰雕塑佛像、神像、夜叉和各種動物。

甘烹碧為泰北重鎮，屬於素可泰王朝的統治範圍。「甘烹碧」在泰語中是「金剛石城牆」的意思，至今仍保存約三百米的城牆遺址。據説該城是一三四七年由素可泰王朝第四世王樂泰（Phaya Loethai，一二九八—一三二三年在位）所建。現存重要文物遺址有婆羅門教的大自在天神廟，還有曾經供奉過國寶玉佛的玉佛寺等。

素可泰時期的寺佛塔遺址

一九九一年聯合國教科文組織把這三個地方作為相連的遺址，宣佈為素可泰－西沙差那萊－甘烹碧歷史公園，作為世界文化遺產保護。在這裏可以看到當年王宮的遺蹟，眾多的佛寺、佛塔、佛像，頹廢的城牆以及依然清澈的護城河，使人感受到濃郁的佛教文化氣息。恰如《全唐詩》所言：「梵鐘交二響，法日轉雙輪。寶剎遙承露，大花近足春。」

佛塔角上的迦樓羅（Garuda）浮雕

吉篾式佛塔的佛龕

素可泰式佛塔

錫蘭式佛塔

象隆寺。泰國最具有代表
性的象塔。

素可泰歷史公園。二十世紀三十年代泰國將其列為國家重點保護的文化遺址，並開始修復。素可泰古城重放光彩。

「不可戰勝」的神話與毀滅

阿瑜陀耶王朝時期（一三五〇—一七六七年）

樹抱佛。一七六七年阿瑜陀耶城被緬軍焚燒後，眾多佛像被毀壞，佛頭散落各地。適逢一株小榕樹正在佛頭旁邊生長，隨着歲月流逝，榕樹生長成材，根系繁茂，遂將佛頭包裹。與其說這是奇特的景觀，倒不如說是時間造就的歷史傑作。

象戰紀念碑。這個紀念碑紀念一五九二年泰王納黎萱（Naresuan）在象背上戰勝緬軍統帥並使泰國重獲獨立的光榮歷史。聳立於素攀城外三萬一千米處隆齋滴的舍利塔前。

阿瑜陀耶王朝是繼素可泰王朝後出現的一個王朝，「阿瑜陀耶」在泰語裏是「不可戰勝」的意思。從一三五〇年烏通王戰勝素可泰王朝，建都阿瑜陀耶城，至一七六七年被緬甸滅亡，歷時四一七年。因此，阿瑜陀耶王朝是泰國歷史上最長的一個王朝。

從中國古籍的記載中我們可以窺知阿瑜陀耶王朝初期的歷史面貌：

明代黃衷的《海語》「暹羅」條說：「其地沮洳，無城郭，王居據大嶼。」意思是其地低窪，沒有城牆，國王居住在一個大島上。

繼黃衷之後大約一百年，明人張燮在《東西洋考》「暹羅」條裏也描述了阿瑜陀耶當時的情況：「王宮高九丈餘，以黃金為飾，雕鏤八卦，備極弘麗。」張燮所記，正是阿瑜陀耶王朝中後期的情況，和黃衷所記相比，最明顯的區別在於王宮的建築比初期豪華多了。

繼張燮之後又是一百年，清人所著《皇清通考》「四裔門」說：「王居在城西隅，別建宮城，約周三里有奇。殿用金裝彩繪，覆以銅瓦，室用錫瓦，階砌用錫裏磚，欄杆用銅裏木。」可見阿瑜陀耶王朝後期的王宮更是金碧輝煌。

「不睹皇居壯，安知天子尊。」通過阿瑜陀耶王朝初期、中期和後期王宮建築的變化，可以看出阿瑜陀耶社會經濟的發展。在它的鼎盛時期，一度創造了「不可戰勝」的神話。然而，由於緬甸軍強勢的入侵，阿瑜陀耶都城於一七六七年被攻陷，一把大火，將昔日的王榭樓台燒得蕩然無存。

追溯起來，阿瑜陀耶王朝的興盛，始於戴萊洛迦納王（Trailokanat，一四四八—一四八八年在位）進行的具有重大歷史意義的政治改革，他建立了「薩克迪納」制，加強了對權力的控制，正式確立起封建領主制和中央集權的統治。

所謂「薩克迪納」制，就是把全國的土地，按貴族的爵位、官吏的官銜和職務以及平民百姓等不同的級別進行分配，使其佔有「職田」或「食田」，然後由國家徵收勞役地租或實物地租。在泰語裏「薩克迪」意為權利，「納」是土地，「薩克迪納」即對土地佔有的權利。

根據「薩克迪納」制的規定：地位僅次於國王的副王封地十萬萊，王子封地二萬萊，公主封地一千五百萊，昭披耶瑪哈塞納（軍務大臣）封地一萬萊，昭披耶卻克里（政務大臣）封地一萬萊，披耶爵銜封地一千至一萬萊，庶出王子封地五十至四百萊，僧尼封地四百至二千四百萊，下級官吏封地十至二十五萊，奴隸封地五萊。每萊相當於中國的二點四畝。

「薩克迪納」制為阿瑜陀耶王朝的經濟發展和社會穩定起到了重要的作用。在「薩克迪納」制度下，每個社會成員無一例外地分屬不同的社會階級。國王、貴族和各級官吏是統治階級，而佔全國人口絕大多數的「派」和奴隸是被統治階級，他們作為依附民而被束縛在土地上。他們沒有遷徙自由，但社會上再也見不到因戰亂而無家可歸的無業遊民。他們的生活雖然談不上富裕，但也能維持基本的生活。

戴萊洛迦納王為加強中央集權，防止地方勢力的膨脹，把分封給貴族、官吏的食田分散到各地，使其不能形成一股集中的強有力的地方勢力。而且還規定官吏的食田是不能世襲的，國王可以隨時變換和剝奪，貴族官吏在離職時要把食田交還給國王，僅留部份土地以維持其體面的生活。而且，貴族也不是一成不變的，法令規定貴族每傳一代爵位降低一級，即使出自國王的嫡系王子，五代以後也降為平民。所以，不存在穩固的世襲貴族集團。

阿瑜陀耶遺址。殘留的佛塔聳立在一片廢墟中，向人們顯示着昔日王朝的輝煌。

大火焚燒後的斷垣殘壁

被破壞的佛像。一排殘破的佛像彷彿訴説着戰爭的殘酷。

戴萊洛迦納王改革的另一重要措施是一四四五年頒行的《文官統治法》和《軍官及各地官吏統治法》。改革過去的軍政合一制，把國家管理分為政務和軍務兩大類，設政務大臣主管全國民政事務，設軍務大臣處理全國軍政事務，二者皆授最高爵銜「昭披耶」，政務大臣稱為昭披耶卻克里，軍務大臣稱為昭披耶瑪哈塞納。在政務大臣下設財務、田務、宮務、政務四大部，各有部長負責。軍務大臣下設陸軍和海軍部。另有「昭披耶」爵銜軍官一名，主管王宮衛隊。全國各府也建立相應的行政機構。規定從中央到地方的軍、政官吏均由國王直接委任或通過中央政府機構任命。

為了維持國王權威和防止宮廷內部篡權奪位，一四五〇年戴萊洛迦納王還頒佈了《宮內法》，包括禮儀、百官職守和處罰法規三部份內容。即使王子犯法也逃脫不了懲罰，與常人不同的是用金、銀製的腳鐐和用檀香木笞撻處死。

戴萊洛迦納王的改革為古代泰國社會確立了一種新的封建式的生產關係，為社會生產力的發展開創了一個新的前景，給阿瑜陀耶王朝帶來了四百多年的繁榮。

泰國佛教自素可泰王朝的蘭甘亨王倡導以來，為歷代國王所承襲，廣為傳播，發展迅速。到了阿瑜陀耶時代，每個村寨都建有佛寺，這些佛寺成為村寨的文化教育中心。每個男子在成年之前，都在寺裏讀書，由僧侶擔任教師。成年後必須有一段時間剃度出家，國王也不例外。據《阿瑜陀耶編年史》記載，戴萊洛迦納王剃度出家後，在寺院待了八個月，學習小乘佛教文字——巴利文。他十分重視佛教，不僅派人從錫蘭引進佛教律藏，還派遣僧侶使節到鄰近各國發展友好關係。佛教獲得人民的普遍崇信，全國九成以上的民眾信奉佛教。上

坐佛。儘管經歷戰火洗禮，一尊端坐在藍天白雲下的佛像，若騰空而起，會令人產生無限的遐想。

被焚毀的佛殿。高聳的塔基和牆柱顯示了阿瑜陀耶時期建築的輝煌。

殘存的吉篾式佛塔。這些佛塔依然顯示了昔日佛教的興盛。

塔前坐佛。佛端坐塔前，擺出降魔式，一副凜然不可侵犯的樣子，彷彿洞悉歷史的變遷。

坐佛局部

至國王、貴族、官吏，下到平民百姓，他們都把捐資修建佛寺當作第一等善事，因而全國寺院林立。

拉瑪鐵菩提二世曾動用大量的金錢、人力，在都城修建了帕希訕派寺（原寺焚於一七六七年的戰火，現在看到的帕希訕派寺是後來重修的）。這座寺廟是戴萊洛迦納王獻出王宮修建起來的，作為王寺，寺裏供奉一尊用純金澆鑄的佛像。之後又在寺內修建了兩座頗具阿瑜陀耶建築特色的佛塔，分別存放其父戴萊洛迦納王和其兄波隆摩羅闍三世的骨灰，開啟了用佛塔存放國王骨灰的佛教喪葬先例。拉瑪鐵菩提二世駕崩以後，他的後人按照上述兩座佛塔的樣式又修建了一座相同的佛塔，存放他的骨灰，這就是著名的三塔。直至現今，三塔依然保存完好，成為泰國重要的文物古蹟和旅遊勝地。

由於佛教的盛行，僧侶成為一個特殊的團體，是泰國一支舉足輕重的力量。他們擁有強大的精神號召力，同時佛教寺院還擁有大量的財富、肥沃的土地和依附民。歷代統治者往往借助佛教的力量來控制人們的思想和維繫統治。

屹立在廢墟中的覆鉢式塔。

3

三塔。阿瑜陀耶時期最著名的覆鉢式塔是帕希訕派寺的三塔。拉瑪鐵菩提二世修了兩座塔紀念先王和兄長。他逝世後，其子又為他修了一座塔，合稱三塔，存放他們的骨灰。如今三塔聳立在一片廢墟中向世人昭示昔日的恢宏氣勢。

三塔側面

方楞式塔。方楞式塔的塔基為方楞形，或者稱為四角十二曲塔，直接從印度佛塔演變而來。阿瑜陀耶王朝征服柬埔寨以後，興建方楞形塔來紀念其赫赫戰功。

鑾抱多佛像（即大佛）。這尊佛像以體型碩大聞名，鑄於一三二四年，是泰國最大的一尊金屬鑄佛。這尊佛像現存帕南車寺，華人稱為三寶公廟，以紀念明朝七下西洋的三寶太監鄭和。

阿瑜陀耶王朝後期，小乘佛教盛行，其繁榮的程度遠遠超過發源地錫蘭。特別是在一七三二—一七五八年波隆摩閣王（Boromokot）統治時期，曾應錫蘭方面的請求，派高僧優婆離到錫蘭傳戒，在錫蘭重建僧伽團，並形成一個被稱為暹羅派（亦稱優婆離派）的新教派，時至今日，這個教派在斯里蘭卡仍有很大影響力。

阿瑜陀耶時期泰國佛教之盛，主要表現在大興土木、廣建佛寺上。其京都阿瑜陀耶城坐落在一個周長為一萬二千米的小島上，就在這塊彈丸之地上，先後建起了四百多座寺廟。佛寺佔地面積很大，佛寺和王宮連成一片，剩下的才是王公貴戚的宅邸和商業區。大量的佛寺建築集中了那個時代的文物精華，形成了獨特的阿瑜陀耶佛教藝術風格。

「君王形」佛像。這種佛像按人間君王服飾穿着打扮，頭戴王冠，佩戴裝飾品。現藏於素可泰蘭甘亨國家博物館。

阿瑜陀耶王朝中期佛像。雖然佛像出自阿瑜陀耶工匠之手，但基本上沿襲素可泰王朝時期佛像的樣式，佛像面孔莊嚴而富有生氣。現藏於素可泰蘭甘亨國家博物館。

金粉浮雕

阿瑜陀耶時期的四百多座佛寺，在一七六七年的泰緬戰爭中被焚燒殆盡。從現存的一些佛寺的遺址，我們仍可以窺見昔日的輝煌。

阿瑜陀耶王朝與中國保持着朝貢關係。朝貢最初是中國古代諸侯定期朝見天子，貢獻方物，表示誠敬的一種制度。到了明代，朝貢已經不是最初的含義了，它已經變為海外諸國與中國政府間的一種外交手段和經濟互利的官方貿易形式，也是兩國人員和文化交流的一條重要途徑。

暹羅阿瑜陀耶王朝與中國明朝的朝貢關係，首先是為雙方的政治需要而建立和維持的。阿瑜陀耶王朝甫建之初，面臨着彭世洛、呵叻和洛坤等地方豪強勢力的反叛和安南、緬甸等鄰國隨時可能發生的武裝侵略。為了謀求生存和發展，爭取亞洲大國中國的支持，阿瑜陀耶王朝主動多次遣使中國，請求明朝頒給金印和勘合底簿，作為朝貢關係的憑證。這是暹羅方面基於政治需要而採取的重要措施。

對於中國明朝來說，威脅主要來自北方的游牧部族。對南海諸國，則只求維繫安寧，「保境安民」。北拒強敵，南撫諸邦，做到「中國安而四方萬國附順」，這是明朝政府的對外方針。

從經濟的角度看，朝貢是一種官方貿易形式。明朝政府對海外各國來貢，從政治上着眼，力求「萬邦歸順」，在經濟上則採取「懷柔遠人，厚往薄來」的方針。明朝政府除了照例「賞賜」給各國貢使大量禮品，還准許貢使將帶來的貨物開市出售，免於抽稅。所以，朝貢已不是最初那種「所貢方物，不過表誠敬而已」的概念了，而是帶有商品交換的性質。海

瓷器。現藏於曼谷國家博物館。

外各國利用朝貢的機會，進行官方壟斷的對外貿易，「雖云修貢，實則慕利」。

暹羅歷次朝貢送來的禮物有大象、象牙、蘇木、降香、羅斛香、胡椒、鸚鵡、孔雀、硫磺、黃蠟、白蠟、阿魏、丁皮、碗石、紫梗、藤竭、藤黃、沒藥、烏爹泥、肉荳蔻、白荳蔻、大楓子、芯布、油紅布等。有時貨物的批量很大。例如洪武二十年（一三八七年）貢胡椒一萬斤，蘇木十萬斤。洪武二十三年（一三九〇年）貢蘇木、胡椒、降香等物十七萬斤。簡直就是躉批貿易。明朝送給暹羅的東西有瓷器、文綺羅帛、織金錦緞等。有時乾脆付給大量的錢鈔。如洪武十四年（一三八一年），賜給暹羅貢使陳子仁等白銀二百四十錠。

朝貢貿易給暹羅帶來了很大的經濟利益。以檳榔為例，在暹羅收購價每擔六錢，運到中國後就值四銖。利之所在，趨之若鶩。儘管明朝一再表示，「入貢既頻，繁勞太甚」，令「遵古典而行，三年一貢」。但仍是貢使不絕，相望於途。由三年一貢，變成一年三貢，即一年之中，探貢一次，正貢一次，接貢使一次。

到了清朝初年，除了維持原來的朝貢關係，還正式開啟了中暹之間的大米貿易。康熙皇帝聽暹羅貢使說：「其地米甚饒裕，銀二三錢可買稻米一石。」為了解決閩粵兩省的米荒，從康熙六十一年（一七二二年）起，政府公開獎勵到暹羅販運大米，開啟了中暹之間歷史上第一次大規模的大米貿易，也促成了潮州人移民泰國的一次大高潮。

康熙年間開啟的中暹大米貿易，使華人移民泰國合法化，並在泰國形成了華人社會。華人成為泰國早期不必依附土地而生存，並可以自由流動的商人階層，使泰國開始擺脫自給自足的自然經濟的束縛，大大促進了商品經濟的發展。

當時移居泰國的華人究竟有多少，從以下文中可知其詳。李長博的《華僑》說：「清康熙年間，暹羅全國人口六百萬，華僑一百五十萬人。」泰國學者沙拉信．威臘蓬在他提交給美國哈佛大學的博士論文《清代中泰貿易演變》中說：「十七世紀九十年代初期，在大城（阿瑜陀耶城）的中國人已經達三千人，在暹羅其他地區的中國人數目可能更多。似此可觀數字使人可以了解當時的對外貿易幾乎全在中國人經營之內，因為事實上是時全暹人口不會超過二百萬人。」美國學者G．威廉．施堅雅（G. William Skinner）在其著作《泰國華人社會：歷史的分析》中提到，公元十七世紀，暹羅京城有四千華人，全暹羅有一萬華人。

陶罐。現藏於曼谷國家博物館。

毫無疑問，阿瑜陀耶時期已經形成了華人社會。在華人社會中，華人移民保持原來的語言、文化、風俗和生活習慣，並逐漸與當地社會進行相互滲透和融合。魏源的《海國圖誌》「暹羅國」條說：「華人駐此，娶番女，唐人之數多於土番，惟潮州人為官屬，封爵，理國政，掌財賦。」這就是當時華人社會情況的真實寫照。

華人社會的形成，使中華文化有了賴以生存的群體基礎和傳播空間。G．威廉．施堅雅在《泰國華人社會：歷史的分析》一書裏寫道：「阿瑜陀耶的華人社區大部份由商人組成，但也有從事其他職業者。歐洲人的記載很清楚，全城都有養豬的華人，市場上滿是具有各種手藝的華人工匠開的店舖。中國戲很流行，有好幾個中國戲班，就連華爾康和其他西方人都僱中國戲班去演戲。從中國來的中醫極受尊重，以至國王御醫的首領都是華人。」

華人移民的湧入，使泰語中又滲入許多漢語的新單詞，特別是一些生活詞彙，就直接從漢語借用過來。如我、你、他、大姐、阿叔、阿伯、先生等稱呼，使用的就是潮音。醬油、醋、粿條（米粉）、油條（炸鬼）等詞，叫法也跟漢語一模一樣。現代年輕一代的泰國人，根本感覺不到這些詞是外來詞。

中華飲食文化對泰國的影響更是如鹽入水。可以說幾乎改變了泰人的飲食結構和生活習慣。中國食品的傳入使泰國的食品變得多種多樣，中國的一些傳統小吃也稍加改革，成為泰人喜好的小吃，如粿條、高撈（雜碎湯）、嘎仗（粽子）等。

孔劇面具。孔劇是在泰國廣泛流行的一種戲劇，以表演《拉瑪堅》為主。「孔」（Kon）在高棉語裏指表演《拉瑪堅》的男演員。早期的孔劇演員都是男性，後來吸收了女演員。除了帕和喃這兩類角色外演員皆戴面具演出。因此，孔劇的頭像和面具，成了泰國的一種獨特工藝品。圖中的大愛披耶和小愛披耶頭像製作於拉瑪二世（Rama II，一八〇九—一八二四年在位）時期。現藏於曼谷國家博物館。

木雕門神。現藏於素可泰蘭甘亨國家博物館。

木雕坐佛。現藏於素可泰蘭甘亨國家博物館。

木雕神像。現藏於洛坤國家博物館。

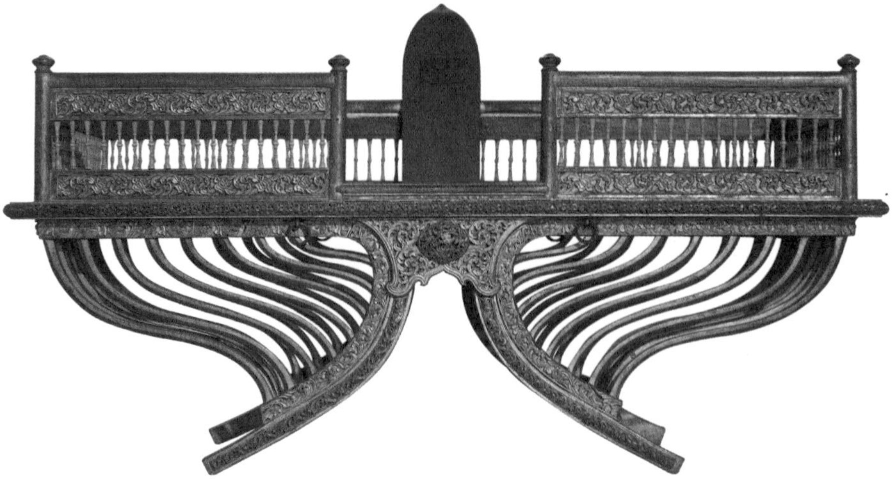

象轎。象轎是乘象的專用設備。在泰國歷史上，象是主要的交通工具，「出則乘象，死則取其牙齒」。特別是帝王之家，擁有象隊。因此，象轎製作成了一個專門的行業。帝王的象轎，裝飾得華麗美觀，從實用物變成了藝術品。現藏於清邁國家博物館。

除了佛教是泰人和華人共同信仰的宗教，華人一些移民還信奉道教和萬物有靈的原始宗教。這些信仰，都對泰國的風俗、文化產生不同程度的影響。許多中國傳統的宗教節日，也變成泰國民間的傳統節日。例如每年農曆七月十五日的中元節，要舉辦盂蘭盛會和施陰濟陽的善舉。農曆八月至九月九日的九皇齋節，源於九顆星辰變成的九皇神仙幫助反清復明，不幸蒙難，所以老百姓要連續十天白衣素食，以示悼念。現今泰人仍堅持過九皇齋節，除了信仰方面的原因，也利用這個機會素食減肥，增進身體健康。

移民是指從一地移居另一地的族群，現在多指從一國移居另一國的族群。它是人類在發展過程中的一種族群擴張活動，包含着經濟的擴張和文化的擴張。移民行動擴大了生存空間，同時也擴張了經濟活動空間，並在此基礎上擴充了文化活動空間，形成一種連鎖式的反應。

泰國潮劇的出現，正是潮州人移民擴張文化活動空間的一個表徵。潮劇傳入泰國以後，最初是以酬神潮劇的面目出現的。酬神潮劇跟潮州本土的潮劇一樣，是用潮州話為表演語言，其音樂、唱腔、服飾、道具等，皆與中國國內如出一

御用靠背。現藏於清邁國家博物館。

御用神壇。現藏於清邁國家博物館。

水磨漆金屏風。水磨漆金是中國一種古老的裝飾工藝。首先用貼金的方法製成花紋圖案或人、畜畫像，然後將貼了金的圖案或畫像蓋起來，進行反覆多次的水磨加工，最後剩下金黃色的貼金圖像，底板呈黑色或紅色，反差對比強烈。早在公元十三世紀素可泰王朝時期這種工藝就從中國傳入泰國，流行於阿瑜陀耶王朝時期，成熟於曼谷王朝時期。現藏於曼谷國家博物館。

水磨漆金大櫃細部

轍。幾十年後，泰國年輕一代的華人根本不懂華文，不會講漢語。因此以潮語為唱腔的潮劇必然向以泰語為唱腔的潮劇轉化。鑑於華人不大願意投身潮劇戲班學藝，只好轉向比較貧困的泰東北地區招收老族學員。泰語潮劇雖然演的依舊是中國的歷史故事，但楔子、對白、唱詞用的是泰語，演員也是泰人，完成了潮劇由一種中國地方戲劇變為泰國戲劇的文化移植。

如果說泰國孔劇表演的《拉瑪堅》是印度宗教文化移植成果的話，那麼泰國潮劇則是中國史官文化的移植成果。這是因為泰國潮劇主要表演的是中國的歷史故事，即使一些反映市井生活悲歡離合的劇目，也都是貫穿和宣揚中國史官文化的人文精神和價值觀念。因此華人移民豐富了泰國傳統民族文化的內涵。

除了華人移民，泰國還湧入了大量的日本和西方移民，在阿瑜陀耶城郊出現了日本人村和葡萄牙人村。這些僑民主要是為着商業貿易的目的而來。來自東西方不同國家的商船麇集於此，使阿瑜陀耶成為東西方海上交通的交匯口和商品集散地。客觀上他們促進了阿瑜陀耶王朝對外貿易的發展，也給泰國社會帶來了西方文明。

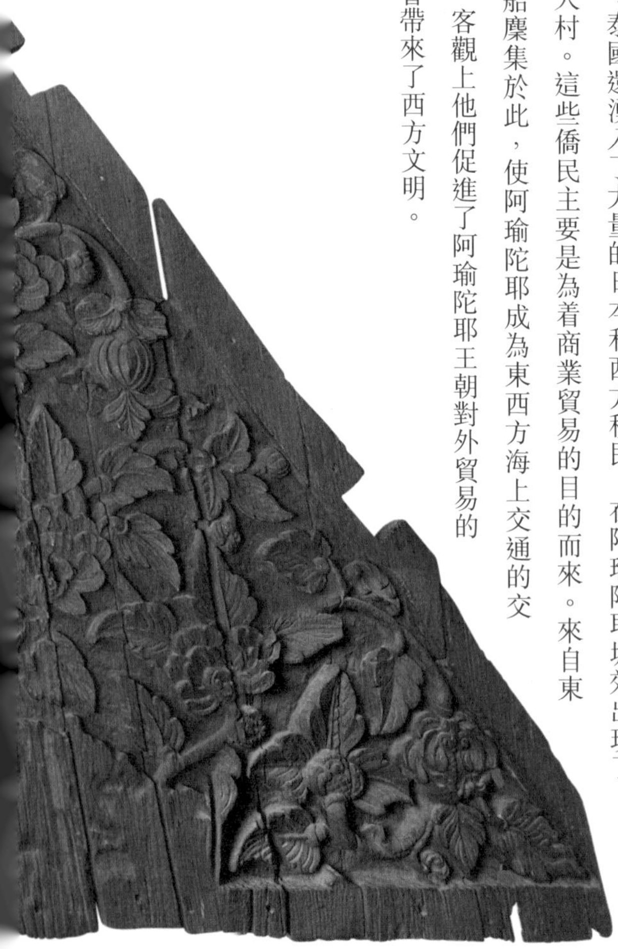

木雕山牆。阿瑜陀耶王朝時期佛寺山牆上喜歡鐫刻毗濕奴的故事和一些色彩鮮豔的樹木。雕刻的圖案和人物形象生動逼真，顯示了高超的技法。現藏於洛坤國家博物館。

銅鳳。現藏於洛坤國家博物館。

鎦金鳳。現藏於素叻他尼國家博物館。

阿瑜陀耶王朝在廣泛吸收外來文化營養的基礎上，再度創造了泰國經濟和文化的輝煌。

阿瑜陀耶的建築師們，把他們的都城想像成一隻大帆船，因為都城的四周皆是水。這隻帆船的船頭朝東，船尾朝西，所以他們設計的建築物，王宮也好，佛寺也罷，都是大門朝東，坐西向東的。

阿瑜陀耶時期的木雕很有特色，刀法細膩工整，形象婀娜多姿。在買盧寺的山牆上，有一幅那萊神騎着大鵬金翅鳥的木雕，就是這段時期木雕藝術的代表作。

各大寺廟的門雕，多是貼金花紋圖案。這種漆底貼金或繪彩的工藝，是從中國學來的，在阿瑜陀耶王朝末期十分流行，常用來裝飾門窗、木櫃等。另外，鑲貝的工藝也流行起來。用貝殼拼成人物、花卉、鳥獸、魚蟲等圖案，作為木器的裝飾，兼具審美和實用的價值。

令人遺憾的是，阿瑜陀耶歷經了四百一十七年創造的經濟和文化藝術成就，竟被戰火毀於一旦。一七六七年，緬甸軍隊攻陷阿瑜陀耶城，經過洗劫財物後，帶走婦女、工匠和有用的勞動力，一把大火，將這裏化為灰燼。

現今，阿瑜陀耶城沒有重建，依然保持當年被焚毀的模樣，斷垣殘壁，毀壞的寺塔，在殘陽餘暉中仍然顯示出一種殘缺的美。泰國人民知道，歷史的恥辱猶如長鳴的警鐘，可以提醒人民歷史是不能忘卻的。從一九六九年起，泰國藝術廳開始對遺蹟進行修復，將其定為歷史公園。一九九一年，聯合國教科文組織將阿瑜陀耶列入世界遺產名錄，阿瑜陀耶城遺址成為著名的世界文化遺產。

貝雕。貝雕是泰國民間傳統手工藝，用具有各種色彩的天然貝殼做原料，將碎貝殼拼成圖案，用來裝飾門窗、櫃子、桌子、床等，使其顯得富麗堂皇。貝雕飾物常用於皇宮和宗教場所。

阿瑜陀耶城遺址

鄭王塔——驅緬復國的豐碑

吞武里王朝時期（一七六七——一七八二年）

吞武里鄭王塑像。二十世紀五十年代，泰國政府出面在吞武里建起一座鄭王紀念碑。

一七六六年底，當緬軍圍困阿瑜陀耶城的時候，華裔鄭信奉命率領達府軍隊前往京都救援。翌年一月，鄭信的部隊參加了守城部隊組織的六路出擊，遭遇失敗，鄭信退卻在後，被關在城外，遂率領手下的五百名泰人和華人士兵，連夜衝出緬軍的重圍，乘船沿昭披耶河南下，最後來到了曼谷附近，吞武里王朝亦隨之建立起來。據説，當他們的船隊來到曼谷的時候，正好趕上黎明，故把曼谷河對岸的寺廟稱作黎明寺，寺旁高聳的佛塔叫作黎明寺塔。後來為紀念鄭信，老百姓又稱之為鄭王寺或鄭王塔。如今，鄭王塔仍然屹立在昭披耶河畔，既是曼谷的地標，又是記述鄭王驅緬復國歷史的一座豐碑。

吞武里王朝建立初期，暹羅面臨一片凋敝的景象。由於緬軍對暹羅人口的擄掠，戰爭中人口的傷亡，以及大批居民因戰亂而逃匿山林，全國人口急劇減少，勞動力奇缺，農業生產無法正常進行，糧食不足。加之瘟疫流行，匪盜猖獗，社會秩序十分混亂。攀·詹它努瑪本《吞武里編年史》描述當時的情況：「舉目望去，被飢餓、疾病、兵燹所害死的人不計其數，屍骸遍野，堆積成山。苟活的人面黃肌瘦，形同餓鬼。」

鄭信決心使暹羅恢復到阿瑜陀耶時期的繁榮。在經濟上，他首先設法解決民眾的吃糧問題。他用高於平常十二倍的價錢向外國商人購買糧食。正常年景每牛車糧食價四十銖，鄭信出價五百銖。利之所在，趨之若鶩。外商為牟暴利紛紛運糧到吞武里出售。糧食一多，糧價又自然下跌了。鄭信將購得的糧食用於周濟難民，每天都有上萬的難民來乞求救濟。至於官員，每二十天可以分到一桶糧食，每年領一次薪俸。立有軍功的人，可以得到賞賜的戰俘作為家奴，以供驅使或耕種自己的土地。對於逃匿山林的流民，鄭信則用發給糧食、衣服、錢

鄭王紀念碑上的浮雕：勤勞的泰國人民。

鄭王紀念碑上的浮雕：愛好和平的泰國人民。

鄭王紀念碑上的浮雕：在鄭王領導下抗擊緬甸侵略者。

鄭王紀念碑上的浮雕：打敗緬甸侵略者。

物的辦法，鼓勵他們重返家園，從事生產。中國當時的官方文件也曾記載了鄭信為安定社會秩序、恢復社會生產力所採取的措施。《清實錄》說，披雅新（鄭信）組織人力，「入山搜尋象牙、犀角等物，給贍難民」。兩廣總督李侍堯在給乾隆皇帝的奏摺中也提到：「所有暹羅城池房屋，（披雅新）着令民人修葺。」

鄭信還通過發展商業貿易來刺激社會經濟的發展。他廣泛招攬外國客商到吞武里經商。初期，曾經發生了英國商人波內以及一些中國商人的帆船、貨物在達叻附近被鄭信的軍隊搶劫的事件，這使一些外國商人產生顧慮，擔心人身、財物的安全。對此，鄭信發佈明令，嚴禁部隊搶劫外商，違者軍法處置，並令軍隊償還搶去的船、物。從此以後，這裏再沒有發生類似事件。於是大批外商，特別是中國商人，在吞武里王朝時期紛紛來到暹羅。鄭信對華僑採取了優惠的政策，如對華僑免徵人頭税等。在暹羅首都吞武里的對岸（即現今曼谷的大皇宮一帶），形成了一個華人聚居區。那裏街市熱鬧、商業繁榮，華人和泰人相處和睦，關係融洽。

為了適應商業貿易的發展，鄭信還加強交通運輸的建設。他在一些主要城市之間修築公路，以便商賈來往和貨物流通，逐步改變原來只靠水道運輸的交通狀況。當時陸上的主要交通工具是牛車。

黎明寺塔（鄭王塔）

黎明寺塔局部。騎着三首象的因陀羅神塑像。

黎明寺塔局部。騎着白馬的武士塑像。

黎明寺塔局部——鎦金塔尖

黎明寺塔局部——吉篾石塔頂

除此之外，為減輕民眾的負擔，鄭信將「派」的服役時間，由每年六個月減至四個月，使「派」們有較多的時間在自己的土地上勞動。因故不能服役的，還可以用貨幣或實物代替。這有利於減輕「派」的負擔和壓力，促進暹羅經濟的發展。

在政治上，吞武里王朝基本上沿襲阿瑜陀耶王朝時期的政治制度，只做了小部份的修改。吞武里王朝仍舊實行「薩克迪納」制。國王名譽上擁有全國土地，官吏和民眾根據不同的身份等級，從國王那裏得到數量不等的封田。國王掌握全國的軍政大權。國王之下設文、武沙木罕（相當於文、武首席大臣），輔助國王分管全國軍、政大事。吞武里王朝取消了阿瑜陀耶王朝時期武沙木罕管理南方各省的權力，在戰爭時期的軍事指揮權也由昭披耶卻克里所取代，從而削弱了武沙木罕的權力。吞武里王朝初期是由一位名叫穆的將軍擔任昭披

黎明寺塔局部——彩瓷裝飾的花朵圖案及其神龕

耶卻克里，穆逝世後便由通鑾（即後來曼谷王朝一世國王）繼任，所以在吞武里王朝中期和後期，通鑾的權勢炙手可熱。

政府所設的主要職務是負責城務、宮務、財務、田務四個部的官吏，他們的爵銜是披耶。除了京城設四個部，其他各城也設相應的機構。鄭信授權一等城市的統治者可以自己任命本城四個部門的官員。

中央對城市的管理分為兩大類：畿內城市和畿外城市。畿內城市是指京城附近列為第三等的小城市，例如新城、暖武里（Nonthaburi）、巴吞他尼（Pathum Thani）等。這些城市的統治者稱為「乍孟」。「乍孟」同主管法律和稅收的官員組成城市管理委員會。畿內各城的軍、政工作直接受京城控制。遠離京城的畿外城市，則按城市的大小和重要性分為一至四等。一等城市往往由國王的親屬或信任的大臣統治，其周圍的小城鎮也歸他管

頭上有那伽裝飾的鎏金佛像

轄。如果一等城市的統治者「昭孟」立了功，國王就增加一些小城市歸他管轄，以此作為獎勵，因為這意味着他所能得到的税收和勞動力增加了。畿外城市的「昭孟」對於他所管轄的城市有充份的指揮權，中央也派一些負責法律、税務或其他方面的官員來協助他工作。

作為維護封建統治的重要支柱，佛教一直是暹羅的傳統信仰。暹羅居民九成以上都信奉小乘佛教，鄭信本人也是一位虔誠的佛教徒。阿瑜陀耶城淪陷的時候，暹羅佛教受到嚴重摧殘，寺院被焚燒，佛像被毀壞，佛教戒律和三藏經典散失殆盡，寺廟香火中斷。吞武里王朝初期，人們都説，誰要是剃度出家，就一定會被餓死。有的僧侶擔心，佛教恐怕將從此在暹羅消失。一些外國神父借機力勸鄭信用天主教來代替佛教，但這一建議遭到鄭信的堅決拒絕。鄭信知道，堅持佛教就是堅持暹羅的傳統民族文化，恢復宗教秩序就是恢復社會秩序。他希望通過振興佛教來恢復暹羅的社會秩序和傳統的佛教文化。一七六八年，鄭信親自在大鐘寺召集全國德高望重的僧侶開會，選舉各地僧侶團的首領，重建各地的佛教組織，並決定收集各地散失的三藏經典，集中到京都吞武里，組織人員校勘和整理。一七六九年，鄭信征服洛坤的時候，把那裏珍藏的佛教論藏帶回吞武里，命人抄寫，抄了副本以後又將原著送回洛坤保管。洛坤的希長老曾被他請到吞武里擔任僧王，後因有人揭發這位希長老在緬軍攻陷阿瑜陀耶城的時候，曾把埋藏財物的地點告訴緬軍，致使許多無辜百姓被殺，鄭信才免去這位希長老的僧王職務。一七七〇年，鄭信平定北方枋長老的割據勢力後，對北方的宗教進行了整頓，清理那些不法僧侶，重申戒律，派吞武里的高僧為北部的僧侶重新剃度。在京都和全國各地修建了許多佛寺。當時作為皇寺的膺陀爛寺，至今仍享有盛名。一七七八年，鄭信到金邊作戰的時候，從那裏把一尊印度古代鐫刻的碧玉佛運回暹羅，就放在這座寺廟裏。

吞武里王朝存在的時間很短，而且忙於應付內外戰爭，所以在文學藝術上沒有特別突出的建樹。較為著名的是鄭信命人收集整理的長詩《拉瑪堅》，這可以稱為一大盛舉。泰國的古代文學劇本《拉瑪堅》實際源於印度古代梵文史詩《羅摩衍那》，敘述一位名叫羅摩的印度英雄的故事，最初在民間口頭流傳，最後經蟻蛭整理加工。整個史詩約二萬四千頌，最早的部份可能成書於公元前四—前三世紀，最晚的部份大約完成於公元前二世紀。在全書的七卷之中，第二卷至第六卷是最原始的部份，首尾第一卷和第七卷是後來添加的。

《羅摩衍那》在公元初幾個世紀大概經過三條路線從印度傳到國外：北路，從旁遮普和克什米爾，由陸路傳入中國的西藏和新疆；南路，從南印度由海路傳至爪哇、蘇門答臘和馬來西亞；東路，從孟加拉由陸路傳至緬甸、泰國、老撾、柬埔寨、越南和中國的西雙版納。

《羅摩衍那》傳到泰國以後，深愛泰國人民的喜愛，經過民間藝人的加工改造，變成了《拉瑪堅》。《拉瑪堅》雖然脱胎於《羅摩衍那》，但它不是簡單的翻譯，而是經過了再創造的移植。從故事情節看，兩者大體一樣，都是敘述羅摩王子與其妻悉達的悲歡離合。羅摩王子遭受後母的迫害被迫流亡以後，妻子悉達又被拖沙甘魔王劫走。羅摩在猴王哈努曼的幫助下，戰勝魔王，奪回妻子，闔家團圓。但是《拉瑪堅》根據泰民族的欣賞習慣，在故事的內容方面有所增刪，情節的次序也有所調整。因此，泰國人把《拉瑪堅》視為自己民族的文學作品。

托塔的夜叉塑像

托塔的仙女塑像

《拉瑪堅》和《羅摩衍那》在形式上有較大的區別。《羅摩衍那》在印度是可以吟誦的長詩，後來變成印度的經典。泰國的《拉瑪堅》則沒有人把它視為宗教的經典，而是供人欣賞的文學作品，主要以劇本的形式出現，供皮影戲、孔劇和舞劇等各種演出。

泰國最早出現的《拉瑪堅》劇本是為皮影戲配音的不完全本，大約出現於阿瑜陀耶王朝的戴萊洛迦納王時期，這是第一次以泰文的方式記錄這個古老的故事。此後，從帕碧羅闍（Phetracha）王即位至阿瑜陀耶王朝滅亡，即一六八八—一七五八年，還出現了《拉瑪堅》的另一個皮影戲配音劇本，計分九段，情節既不連貫，也不完整。此外，還有一個供舞劇和孔劇演出的劇本，雖然語言比較粗糙，也不夠流暢，但經歷了泰緬戰爭的戰火還能流傳下來，亦是彌足珍貴的。

一七六七年吞武里王朝建立後，鄭信鑑於《拉瑪堅》面臨散失的危險，便組織人力對這部偉大的民間文學遺產進行搶救。鄭信本人亦參與了文字的潤飾修改，故稱為吞武里王版本。這個版本比起阿瑜陀耶王朝流傳下來的版本，內容更為充實、完整，語言也比較通俗凝練，帶有吞武里王的個人風格，這個版本只有四段，是在征戰間隙的兩個月內完成的，曾由宮內劇班子上演。

另外，詩人披耶摩訶奴婆（Phraya Maha Nubhab）曾於一七八一年隨外交使團訪問中國，寫下了一首著名的長詩《廣東紀行詩》。披耶摩訶奴婆原名奴婆，披耶是他的爵銜，摩訶是偉大之意。他是吞武里王朝和曼谷王朝初期的著名詩人。一七八一年，吞武里王鄭信派出龐大的外交使團，分乘十一艘大船，滿載象牙、蘇木、犀角、藤黃等貨物，五月從暹羅出

彩瓷花卉裝飾的托塔塔身

彩瓷畫

彩瓷畫集錦

發，七月抵達廣州。披耶摩訶奴婆作為使團的成員，參與了這次遠行，作《廣東紀行詩》記錄了這次盛舉。這首詩是泰使入貢中國的親身見聞，具有較高的史料價值。從文學的角度看，亦是一部現實主義的詩歌佳作。《廣東紀行詩》泰文抄本現藏於泰國國家圖書館。卷首有一序言，大約出自泰國歷史之父丹龍・臘貫努巴（Damrong Rajanubhab）親王之手筆，該詩全篇七百七十五句，每句七言，講求韻律，為暹羅「長歌行」詩體。

《廣東紀行詩》詳細描述了從曼谷至廣州的航程。我們對照明清時期中國船戶所使用的《海道針經》，可以看出沿途所記地名皆準確無誤。貢船由泰國北欖港出發，經三百峰頭，過河仙鎮，到崑崙島，渡東京灣（今北部灣），拜靈山大佛，入外羅洋，經由澳門、老萬山，溯珠江，抵廣州。途中他們歷盡驚濤駭浪，風雨險阻，差一點兒被巨鯨吞噬，最後到了中華國土，才「聞之喜洋洋」。

披耶摩訶奴婆眼裏的廣州是一個農業發展、經濟繁榮的商業城市，「商舶如雲集，面城四行橫，桅檣森然立，時或去來頻」。「水村遙相望，清幽足留連，居民鱗次列，簷脊相綿延，帶水起園圃，油油菜色妍，有林皆果樹，地窪闢水田。」雖然當時尚未興起旅遊業，但是聽說來了暹羅客，男女皆來圍觀，語言不通沒關係，打着

手勢來銷售菜餚，還有濃妝豔服的妓女來取媚風流客，「賣笑無國界，異族亦相邀」。清朝的官吏特別叮囑暹羅使節：「暹人務自愛，嚴禁露水親。」

廣州總督專門款待暹羅貢使，並准許他們將隨船帶來的部份物品就地發售，並免徵關稅。然而披耶摩訶奴婆沒能隨貢使上北京，所以北京的情況闕如。

此詩描述了沿途航海的情況和在廣東的見聞，具有較高的文學和史料價值，是泰國吞武里時期一部重要的文學作品。

一七八二年，暹羅故都阿瑜陀耶城發生了民眾騷亂的嚴重事變。事變的起因是：一七六七年緬軍圍攻阿瑜陀耶城的時候，城內居民紛紛將貴重財物埋到地下。經過戰火的洗劫，這些財物的主人大多傷亡或被俘，待到阿瑜陀耶城光復後，挖掘無主的地下財物便成了一種熱門的職業。吞武里王朝對此實行徵税。一個名叫帕·威集拉農的官員以每年納錢五百斤的代價向政府取得挖掘地下財物的壟斷權。他依仗權勢，魚肉百姓，使一些居民無以為生，他們被迫起來造反。造反群眾在乃布納、枯該和枯素拉三位首領的率領下，襲擊阿瑜陀耶城的「昭孟」（城主）因它拉阿派的官邸。因它拉阿派抵擋不住，逃到吞武里告急。鄭信命令披耶訕帶領王宮禁衛隊到阿瑜陀耶城去鎮壓。披

彩瓷畫集錦

耶訕到達阿瑜陀耶城後，被他的弟弟——造反群眾首領之一的枯該說服倒戈，並被推戴為首領。披耶訕命令他的部隊每人在脖子上繫一條紅圍巾，作為識別標誌，會同阿瑜陀耶城的造反群眾，轉而進攻京都吞武里。當時，鄭信的主力部隊被派往柬埔寨作戰，京城衛戍部隊又被披耶訕帶走，王宮裏沒有多少兵力，只有一些外國僱傭兵負責守衛。經過一夜的戰鬥，王宮衛隊漸漸不支，鄭信只好派洪寺長老出宮同造反者談判，接受披耶訕的條件：鄭信退位，剃度為僧。當天，鄭信便到王寺裏落髮出家。披耶訕派人將王寺嚴密看守起來，防止鄭信逃跑，自己則進駐王宮，以吞武里的統治者自居。

正在柬埔寨作戰的昭披耶卻克里聞知國內變故，密令其弟昭披耶素拉西撤軍，昭披耶卻克里同安南統帥阮有瑞達成和平協議後，便帶領部隊從巴真武里和那空那育府撤回暹羅。一七八二年四月六日昭披耶卻克里回到京城，很快平息了叛亂。接着，昭披耶卻克里舉行了加冕禮，號稱拉瑪一世（Rama I，一七八二—一八〇九年在位）。他把首都從吞武里遷到昭披耶河對岸的曼谷，史稱曼谷王朝。

吞武里王朝僅僅存在了十五年，但在泰國歷史上是一個關鍵的轉折。吞武里政權的建立，鄭信領導的驅緬復國鬥爭的勝利，以及鄭信在位期間的一系列福國利民政策，使泰國走向了經濟的發展和

文化的繁榮。鄭信是泰國人民的民族英雄。

不知從甚麼時候開始，吞武里、曼谷、羅勇等地先後出現了鄭王廟，每逢鄭信的生日、登基紀念日及遇難日，人們都會自發地來到廟裏，獻上祭品，燃一炷香，寄託哀思。到了二十世紀五十年代，泰國政府出面，在與泰國首都隔河相望的吞武里，塑起一座雄偉的鄭王紀念碑。上端有一個真人般大小的騎馬戎裝的塑像，碑面鐫刻着這樣一段文字，作為泰國皇室和政府對鄭信的評價：

> 此碑為紀念鄭信皇大帝和增進他的榮譽而建。他是泰國人民的好男兒，生於佛曆二二七七年（公元一七三四年），卒於佛曆二三二五年（公元一七八二年）。
>
> 泰國政府和人民於佛曆二四九七年（公元一九五四年）四月十七日敬立此碑，以便提醒泰國人民牢記他抵禦外敵，恢復泰國獨立和自由的恩德。

此後每年四月十七日，即吞武里王鄭信登基紀念日，泰國政府和國王都要在這座紀念碑前舉行隆重的儀式，紀念驅緬復國的民族英雄鄭信。

在鄭王的原籍廣東澄海也有一座鄭王的衣冠塚，泰國名流及詩琳通公主曾親臨此地拜祭。

美輪美奐的黎明寺塔細部

穿民族服飾的拿戟武士門神

穿民族服飾的拿刀武士門神

彰顯皇權和神權的大皇宮

曼谷王朝時期（一七八二至今）

曼谷大皇宮。大皇宮坐落於昭披耶河東岸，是曼谷的地標。始建於一七八二年拉瑪一世時期。大皇宮按照阿瑜陀耶皇宮的式樣建造。歷時三年建成，佔地二十一萬八千四百平方米。主要建築由律實宮、帕瑪哈孟天（Phra Maha Monthian）殿（也叫摩天宮殿）、卻克里大殿和玉佛寺組成，金碧輝煌，殿塔相映，充份顯示泰國皇權和神權凜然不可侵犯的權威。大皇宮內匯集了泰國建築、繪畫、雕刻和裝潢藝術的精粹，被稱為「泰國藝術大全」。

皇宮內覆缽式塔

鎏金塔門

托塔上的夜叉塑像

神鳥塑像。這座塑像既有神仙的身軀，又有鳥的翅膀和尾巴。

曼谷王朝的創建者拉瑪一世，原名通鑾，華名鄭華，是鄭信小時候的同窗好友。阿瑜陀耶王朝滅亡後，他於一七六八年投奔鄭信，成為一員幹將，在驅緬復國戰爭中立下汗馬功勞。吞武里王朝後期，被晉封為昭披耶卻克里，執掌軍政大權。一七八二年暹羅發生內亂，鄭信被廢黜，他從柬埔寨前線回京，自立為王，把首都從吞武里遷到河對岸的曼谷，開創了曼谷王朝。時至今日，曼谷王朝已有二百多年的歷史，經歷了九世國王。

拉瑪一世為了顯示國王的權威，在曼谷修建了一座極其華麗的大皇宮。所需的磚瓦是從拆除吞武里炮台和阿瑜陀耶城的城牆而來的，其中一部份建築材料，是吞武里王朝時派往中國的貢船從廣東採購回來的。為模仿阿瑜陀耶故都的格局，拉瑪一世特地從柬埔寨徵募上萬名工人來開鑿

大皇宮側門

環繞大皇宮的運河，後又從萬象強徵了五千名老撾人來修建環繞曼谷的城牆和堡壘，每隔四百米就修一個防衛堡壘。拉瑪一世時修築的八大堡壘至今尚存。此外，拉瑪一世還在皇宮內外修建了一些大殿、寢宮和佛寺，這些工程，動用了大量的人力物力，耗時十年。

最早修建的大殿是律實宮。律實（Dusit）在泰語中是兜率天，即佛教所說慾界六天中的第四層天。因此，律實宮按其意思來說就是第四層天上的兜率宮。律實宮的造型為帶尖頂的廡殿式的大屋頂，計有七層，用碎玻璃片嵌飾，在陽光下熠熠生輝。殿內的牆壁上繪着各式各樣的圖案，有奇花異草和飯糰花球圖案。大殿的門楣和窗櫺上端，呈穹廬式拱形，貼金描飾，鑲嵌玻璃。該殿的南面牆上有一大窗台，當年國王就是坐在這個大窗台上接見王室成員和大臣的。

帕瑪哈孟天殿曾經是拉瑪一世的寢宮，後用來舉辦各種王室大典。整座大殿坐南向北，廳房一字排開又互相連接，左右兩側為配殿。帕瑪哈孟天殿為典型的泰國古代建築，屋頂兩端有龍鳳角裝飾和鴟尾裝飾，山牆的人字板上有葉紋圖案。

卻克里大殿是拉瑪五世時期修建的，採用西方建築與泰式建築相結合的方式，底部是用大理石砌成的一層樓房，石階、石欄、石柱、石壁皆是潔白無瑕的上等石料，鏤花雕刻，備極精緻。屋頂則是泰國傳統的廡殿式大屋頂，多層重疊，斜度很大，描金彩繪，變幻靈活。屋頂上高聳的尖塔，像一頂皇冠，罩在大殿之上，既增加了整幢建築偉岸挺拔的氣勢，又顯得富麗堂皇。卻克里大殿由四個大廳組成，西面的大廳用作會議廳，有時也在那裏接見外賓。最具有紀念意義的是，一八七四年拉瑪五世在這裏頒佈了廢除奴隸制的命令。

玉佛寺。這座寺廟是大皇宮裏的皇家寺廟，
供奉泰國鎮國之寶碧玉佛。

玉佛寺窗戶

玉佛寺佛龕

守護素泰薩旺尖頂宮殿的餐風神鳥塑像

素泰薩旺尖頂宮殿

大皇宮內有佛寺和佛塔。佛寺為皇寺，是專供王室成員吃齋念佛、舉行佛教儀式的場所。泰國歷代王朝都有在皇宮修建佛寺的傳統。素可泰王朝有瑪哈它寺，阿瑜陀耶王朝有帕希訕派寺，吞武里王朝有黎明寺，曼谷王朝則有玉佛寺。玉佛寺是拉瑪一世於一七八二年所建。這座寺廟建成後兩年，拉瑪一世將征討老撾萬象時獲得的一尊玉佛迎奉到這裏，故稱玉佛寺。玉佛成了鎮國之寶，拉瑪一世專門為玉佛定製了旱季和雨季的衣服，拉瑪三世（Rama III，一八二四—一八五一年在位）又增製了冬衣。每年換季那一天，都要舉行隆重的儀式，由國王親自為玉佛換衣，代代相傳，沿襲至今。

大皇宮內佛塔林立，有高棉式佛塔、緬式佛塔、泰式佛塔。僅在玉佛寺的院子裏就建了八座佛塔，以獻給八位值得尊敬的人。另外，還堆築了假山，種植花草，放置了一些從中國運來的石雕神像。

在玉佛寺四周的牆壁上，繪有《拉瑪堅》壁畫，是曼谷王朝時期壁畫的代表作。

壁畫多數畫在皇宮和寺廟的牆壁上，作為裝飾，並以佛教作為主要題材和表現對象。泰國的壁畫有悠久的歷史和傳統，壁畫作為美術的一種表現形式，從一開始就被納入佛教藝術的範疇。壁畫伴隨泰國佛教藝術的發展而發展，由簡單到複雜，由古樸步入成熟。

阿瑜陀耶王朝初期的壁畫，明顯受到吉篾藝術的影響。筆法較為生硬，氣氛凝重，形象呆板。一般只使用紅、黑、白三種色彩，少數壁畫貼金，如坐落在京城的拉查補那寺的壁畫，繪於一四二四—一四四八年，是阿瑜陀耶初期壁畫的代表作。以後又有繪在石板上的壁畫，在帕希訕派寺東面的一座佛塔裏，一塊石板上畫的是佛門信徒，雙手合十，手持蓮花，

律實宮。律實在泰語裏是兜率天，即佛教所説慾界六天中的第四層天。
所以律實宮是第四層天上的兜率宮。

正在拜佛誦經。這塊石板畫繪於一四九一——一五二九年。現存於曼谷國家博物館。這一時期的壁畫基本上以佛教為題材。

阿瑜陀耶王朝中期，壁畫的風格發生了明顯的變化，素可泰式的藝術風格逐步取代了吉篾藝術的影響，色彩使用也打破了過去只限於紅、黑、白三種色彩的傳統，變得五彩繽紛、絢麗多姿。以一本名為《三界》的畫冊為代表，繪於一六二一年，共計一百頁，每頁寬二十一厘米，長五十四厘米，跟泰式的筆記本一般大小，但作者不詳。內容是《佛本生經》的故事。從山、水、樹的畫法上看，明顯受中國山水畫的影響，着重寫意，而非寫實。此畫冊不但是繪畫的教本，亦是壁畫的藍本，一直用到曼谷王朝時期。

阿瑜陀耶末期的壁畫已趨於成熟，形成了具有強烈時代色彩的純粹泰國自己的民族風格。畫面色彩豐富，對比鮮明，善於變幻。還在畫上貼金，使其美輪美奐。繪畫顏料採購自中國，壁畫的色彩豔麗。這段時期已不畫成排列坐的佛像，而畫慾界、色界、無色界三界的內容，以宣揚人的轉世輪迴。此外，還畫國王出巡、飛禽走獸、神靈鬼怪和《拉瑪堅》的故事。藝術水平達到了高峰。

卻克里大殿。拉瑪五世採用西方與泰式相結合的建築，底部用大理石砌成，屋頂是廡殿式大屋頂，高聳的塔尖，像一頂皇冠罩在大屋頂上。

帕瑪哈孟天殿。這裏曾是拉瑪一世的寢宮，後來用作舉行各種王室大典。它是典型的泰式古典建築，屋頂兩端有龍鳳角裝飾的鴟尾，山牆的人字板上有葉紋圖案。

大皇宮內壁畫。泰國的壁畫發軔於班菩的史前岩畫。岩石上的人、獸、手掌印和幾何紋圖案，表現了他們的美術創作衝動和原始的宗教信仰。隨着佛教傳入泰國，繪畫便走進寺院，成為佛教藝術的一個重要組成部份。

大皇宮內壁畫。早期的壁畫受高棉影響，技法簡單生硬。阿瑜陀耶王朝末期畫風趨於成熟。曼谷王朝時期，藝術水平達到頂峰，《拉瑪堅》壁畫是代表作。

曼谷王朝初期堪稱泰國壁畫的黃金時代，此時畫風已經成熟，獨具民族特色，色彩豐富，對比鮮明，畫上貼金，美輪美奐。壁畫的題材有所擴大，畫家們根據自己的生活積累和感受，選擇國王、宗教和一般民眾的生活為素材，創作了許多富有生活情趣的好作品。這一時期的壁畫從內容上分為兩類：其一，取材於經典的神話故事和傳說。這類壁畫的主人公畫得比較漂亮，但面部沒有任何表情，其神態主要通過動作來表現。這種畫法明顯受到傳統的臉譜和面具繪畫的影響。《拉瑪堅》劇中的人物，每個面孔都反映了他的內心世界，很容易辨別善惡。劇中地獄的場景，是現實生活的翻版，只不過將某些酷刑加以擴大。其二，取材於現實生活，並加以提煉概括。樂師、舞孃、官吏和上層人物，都有跟身份相符的特點，一般民眾的形象與現實生活無異，特別是其中表現詼諧、幽默的內容，深受泰國人民喜愛。

曼谷王朝的畫師們喜歡用昏暗的色調墊底，畫面的色彩明亮。早期作品直接從自然界取得顏料，如黃土、紅土、鍋灰、炭灰等，色彩很少，畫面呈現一種朦朧美。接觸中國畫後，開始學習使用一些豐富的色彩和貼金，把畫面變得很有生氣。畫中的人物較小，常聚集成群，表現一段一段的故事。背景為自然景色，呈現遠近透視。在壁畫的最高處有一條地平線，用重疊方式表示遠近層次，畫面最下方的景物，距離最近，越高表示越遠，不考慮事物之間的比例是否正確。曼谷王朝初期的壁畫非常重視線條的應用，主要表現人物的動作，以後才慢慢注意人物的面部表情。不同動作的姿勢則可以表示人物的身份和社會地位的高低。

曼谷王朝拉瑪三世時期受中國畫的影響比較大，壁畫貼金，十分奢侈。拉瑪四世時期開始學西方畫法，開始有投影和層次感，按真實的視覺來繪畫。

皇宮和皇寺遙相呼應，偉岸峙立，金光燦爛，彰顯了皇權和神權至高無上的權威。

鑑於吞武里王鄭信在處理宗教問題上的教訓，在佛教僧王遴選問題上處置不當，沒有充份獲得佛教界人士的支持，沒有把王權和神權有機地結合起來，而最終導致吞武里政權只存在了短短的十五年。所以，曼谷王朝建立後，對宗教特別重視，專門設立國家宗教事務廳，把宗教事務直接納入中央政府的管轄之內，力圖借用宗教的力量來幫助加強封建中央集權的統治。從拉瑪一世至拉瑪五世，都在佛教問題上做出了不同的建樹。

拉瑪一世登基後不久，接連頒佈了七個有關暹羅佛教的法令，對佛教職務級別進行調整，提高佛教僧侶的道德水平，恢復僧侶的權勢和威信。一七八八年，在曼谷召開了由全國著名佛教僧侶參加的會議，由副王（即後來的拉瑪二世）主持會議，王室的主要成員及佛教界領袖也都出席了會議。當時，暹羅僧侶人數眾多，僅曼谷一城就有寺院八十二座，四十萬曼谷居民中就有一萬人是和尚。拉瑪一世對那些不服從國家政權領導的寺院和僧侶，採取了嚴厲的懲罰措施。僅一八〇一年他就取消了一百二十八個「道德敗壞，行跡惡劣」和尚的僧籍，並罰他們去做苦工。

拉瑪一世修建了許多重要的寺廟，如一七八二年在皇宮裏建玉佛寺和素塔寺，此後還修繕了十座寺廟。由於戰亂後大規模修繕佛寺，僧侶們獲得安定的居處和舉辦宗教活動的場所。此外，他還在搜集佛像和整理佛教典籍方面做了大量的工作。在搜集古代佛像上，他從北方搜集了大小佛像一千二百四十八尊，放置於曼谷各寺。在搜集整理佛教典籍上，由於阿瑜陀耶城被緬軍攻陷後，佛寺和佛教典籍損失慘重。拉瑪一世認為有必要將搜集整理佛教

เมืองลงกา

大皇宮內壁畫。畫師們喜歡用昏暗的色調襯底，而畫面的色彩明亮，使其景物突出；對自然景色的表現有了遠近的透視，在壁畫的最高處有一條地平線，用重疊的方式表示遠近層次，畫面最下的景物距離最近，越高表示越遠；不考慮事物之間的比例關係是否正確，大者重要，小者次要。動作姿態表示人物的身份和地位。貼金的應用使壁畫顯得奢華昂貴。

大皇宮內壁畫。《拉瑪堅》劇中每個角色的面孔，
都反映出其內心世界，很容易分辨出善惡。

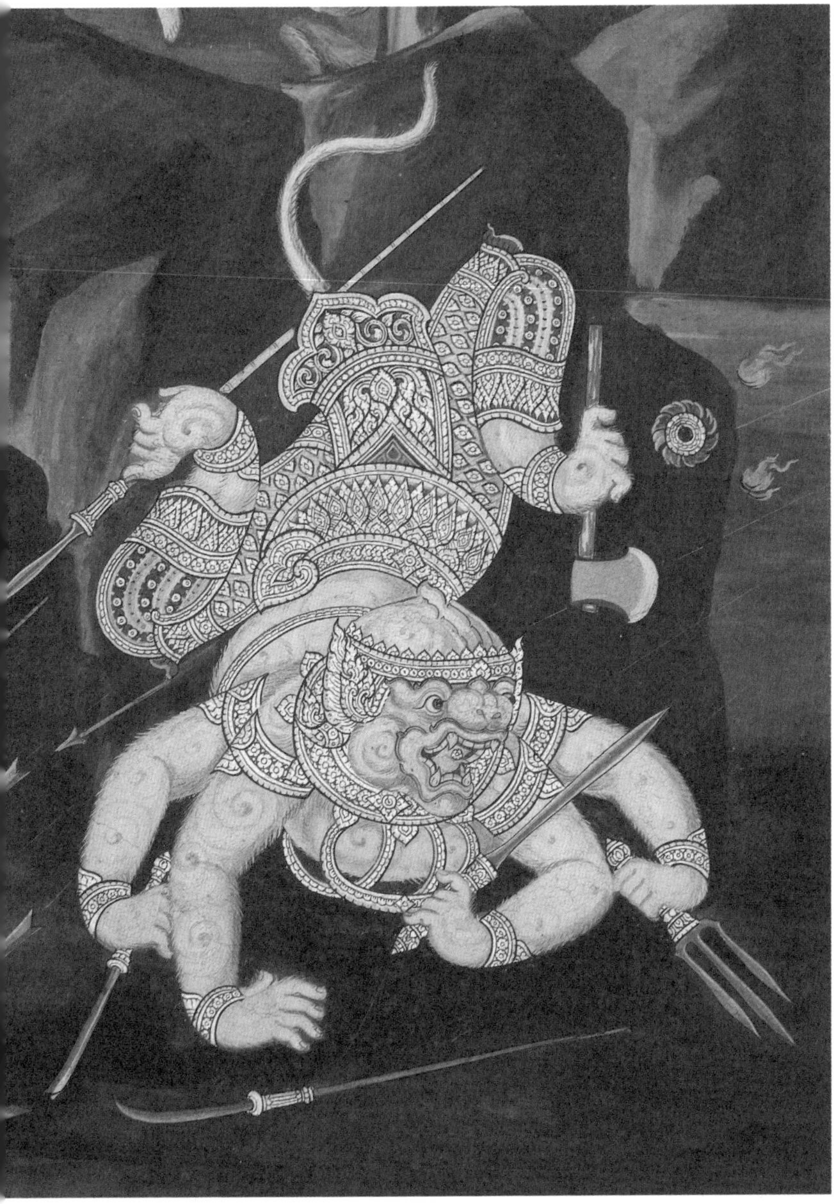

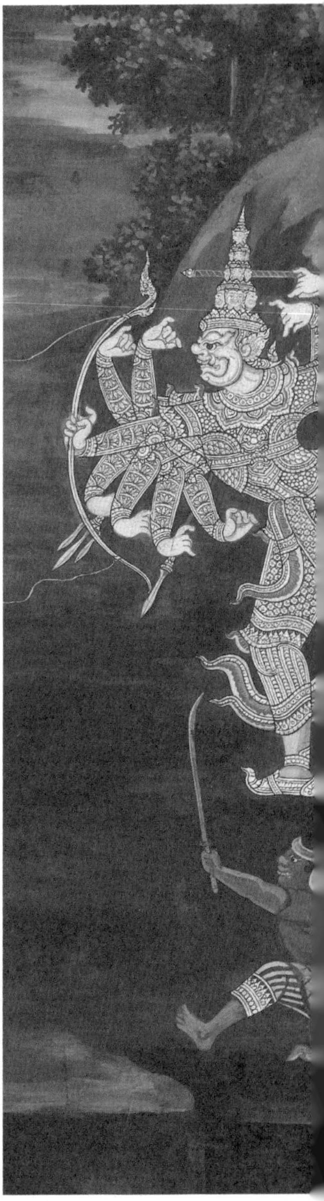

大皇宮內壁畫——仙女。
《拉瑪堅》劇中的仙女稱為喃，不戴面具。

典籍工作進行下去，便邀請擅長巴利文的二百一十八位高僧和三十二位獲得僧爵的僧人組成委員會來完成這項工作。這個委員會從一七八八年底開始工作，持續五個月，共審核佛經三百五十四部，裝訂成書三千四百八十六卷，封皮貼金，稱為金本或欽定本。此外，還有兩個版本：一是隆頌本，計三百零五部（三千六百四十九冊），一是彤粗本，計三十五部。這些佛經被分送各寺。

拉瑪一世不僅要求僧侶遵守佛門戒律，他自己也嚴格遵守佛教的規矩，早上起來齋僧，聽佛樂，晚上誦經。為了加強對佛教的領導，他撤掉吞武里王鄭信立的僧王（澈），將被吞武里王廢黜的原僧王（希）重新立為僧王。並更換了僧團的部份上層領導人。為了整肅僧侶的紀律，從一七八二到一八〇一年，拉瑪一世共頒佈了十部僧律。

拉瑪二世繼位後，進一步整頓佛教組織，剝奪了二千五百名不法和尚的僧籍，為佛門清掃門戶。同時，他還組織重修三藏典籍，因拉瑪一世時期的欽定本佛經被一些寺廟借去傳抄而有丟失，故拉瑪二世下令補充修訂。這次沒有結集高僧，只命人進行增補，因每冊佛經的封面都是用紅墨水寫字，稱為紅墨水本；另外，對一四八二年阿瑜陀耶戴萊洛迦納王的著作《大皇語》也做了增補，恢復了許多文學方面的內容。因為拉瑪二世本身是詩人，所以他特別重視文學。

拉瑪二世進行了僧伽學制的改革。原先《佛經》的學習分為三級，僧人即使全部完成三個級別的學業，也還沒能將應該學習的《佛經》全部學完。拉瑪二世將《佛經》的學習改為九段，由簡而難逐步升段。僧人學完最初的三段，可獲「普連」（學者）的稱號，學完第四

震寺。這座寺廟由兩尊巨型夜叉塑像守門。

守門夜叉塑像

瓷花鑲嵌的山牆

段，獲「普連四段」的稱號，一直到學完九段，獲「普連九段」的稱號。學習階段可以分散在各個寺廟，考試則集中在嗎哈達寺或玉佛寺裏。考試時間不確定，由考試委員會規定。考生要當着三至四名考試委員會的考官翻譯佛經，由二十至三十位法師擔任證人。假如考生譯得順利，可以在一天之內通過九段考試。這個規定，鼓勵僧侶皓首窮經，鑽研學問，跟俗家子弟一樣，通過發奮讀書，獲取功名爵位。

拉瑪二世統治時間僅十五年，先後立了三位僧王。他對僧團的控制方式一如拉瑪一世時期。

拉瑪三世下諭造了許多佛像，青銅澆鑄，外面包金。另外，用銀子鑄了六十四尊佛像，每尊耗銀十兩。一八四二—一八四三年鑄了兩尊立佛，僅外面的貼金，每尊用金箔六十三泰斤十四兩。還有兩尊特大的佛：鑾菩多佛，置於吞武里的越因寺，仿照帕南車寺的大佛而建，這是曼谷最大的一尊降魔式的佛像。華人非常崇拜這尊佛像，每逢中國的春節，來拜的華人達數十萬。另一尊是臥佛，置於帕派坡寺，是泰國最大的一尊臥佛。

拉瑪三世命人將摩揭陀文佛經翻譯成泰文，並倡導所有僧俗信徒讀經；對佛教典籍進行了認真的校對、整理；為了從信奉佛教的鄰國獲得佛教典籍來作為校對的底本，兩次派使節前往錫蘭。

在每座皇家寺院裏，拉瑪三世都聘請法師來為沙彌授經，即使在皇宮裏，也要蓋專門的亭子供僧侶學習之用。對研習佛經成績好又懂巴利文的僧人，拉瑪三世親自接見並授予僧爵。因此，拉瑪三世時期僧侶的學風很好，出現許多學識淵博的哲人和高僧。僧人的人數也急劇增長，照西方學者的統計，當時曼谷的僧侶達一萬人以上。而全泰國的僧侶達十萬人以上。

當時流傳這樣的說法：「無論三世王在甚麼地方，無論發生甚麼事情，他總是首先考慮扶持佛教。」全國的佛教徒都在拉瑪三世的蔭庇之下，拉瑪三世每天都要按時齋僧，下令取消殺生的法律，免除發生自然災害地區的賦稅，賑濟糧食給貧民。在拉瑪三世去世之前他還讓王子到八十四座寺廟裏齋僧，受益的和尚七千三百五十三人，折合白銀一千八百三十八泰斤。

拉瑪三世調整了對僧侶的管理方式，把皇室建的寺廟和百姓在曼谷建的寺廟合併起來，組成中央僧團，從原有的三個僧團中獨立出來，形成了四個僧團：北部僧團、南部僧團、中央僧團和阿蘭瓦西僧團。設僧王一職作為所有僧團的總領導。

臥佛寺內的守衛者：中國門神和葡萄牙士兵雕像。

玻璃鑲嵌的佛寺裝飾

玻璃鑲嵌的佛塔。玻璃鑲嵌是民間傳統手工藝，用沙燒製玻璃，加藥水後變成彩色，將玻璃吹成球形，再敲成碎片，使其有一定弧形，反光性能好，鑲嵌在建築物上，在陽光照耀下，華麗生輝。

ห้ามพรมน้ำอบ และปิดทององค์พระ
be careful
pocket.
ห้ามจับ
DON'T TOUCH
MOTHER OF PEARL

臥佛全景。這尊臥佛長四十六米、高五十米，建於一八三二年。臥佛全身鍍金，眼睛和腳用珍珠母貝殼鑲嵌，表現佛陀涅槃。現藏於曼谷臥佛寺。

拉瑪三世彌留之際仍不忘修建寺廟，在臨終遺言中說：「跟越南和緬甸的戰爭結束了，只剩下西方人，要小心，不要吃他們的虧。對他們的好東西，我們要學習，但不要盲目崇拜。現在我最牽掛的是寺廟，一些正在建設中的大廟的工程，遇到阻力，如無人繼續贊助，就會損壞……誰將來繼承王位，請轉告他，請他出錢贊助寺廟。」

拉瑪四世（Rama IV，一八五一——一八六八年在位）登基前曾以行腳僧的身份走遍全泰國，對佛教事務最了解也最重視。他即位後，在曼谷修建了四座寺廟，修繕了兩座寺廟，另外，替三十座寺廟改名。

拉瑪四世認為，每年陰曆三月的萬佛節（The Makha Puja Day）是佛教的一個重要日子，從一八五一年開始，正式宣佈成為公共假日，並延續至今。具體來說，拉瑪四世對佛教的扶持體現在以下幾個方面：

一、修補佛經。拉瑪四世下令檢查孟天貪（Ho Phra Monthian Tham）藏經閣的佛經，結果發現缺了許多冊，於是設法增補，使之完備，後來完成了一套完整的三藏經，稱為《套紅三藏經》。

二、贊助大乘佛教。從素可泰時期起泰國的大乘佛教就已經開始衰敗，到了拉瑪四世時期，又得到國王的支持。當拉瑪四世登基時，他第一次請信奉大乘的越南僧人來參加慶典。拉瑪四世善待越僧，是為了圓融大、小二乘，消弭教派之間的矛盾和分歧。越僧獲准在現今的白石橋一帶建廟，國王欽賜廟名為「碩木那南波里漢」。這個教派一直延續至今。

三、對僧團的管理。拉瑪四世增設了兩個僧伽職務：一名主管弘法事務，八等僧爵；一

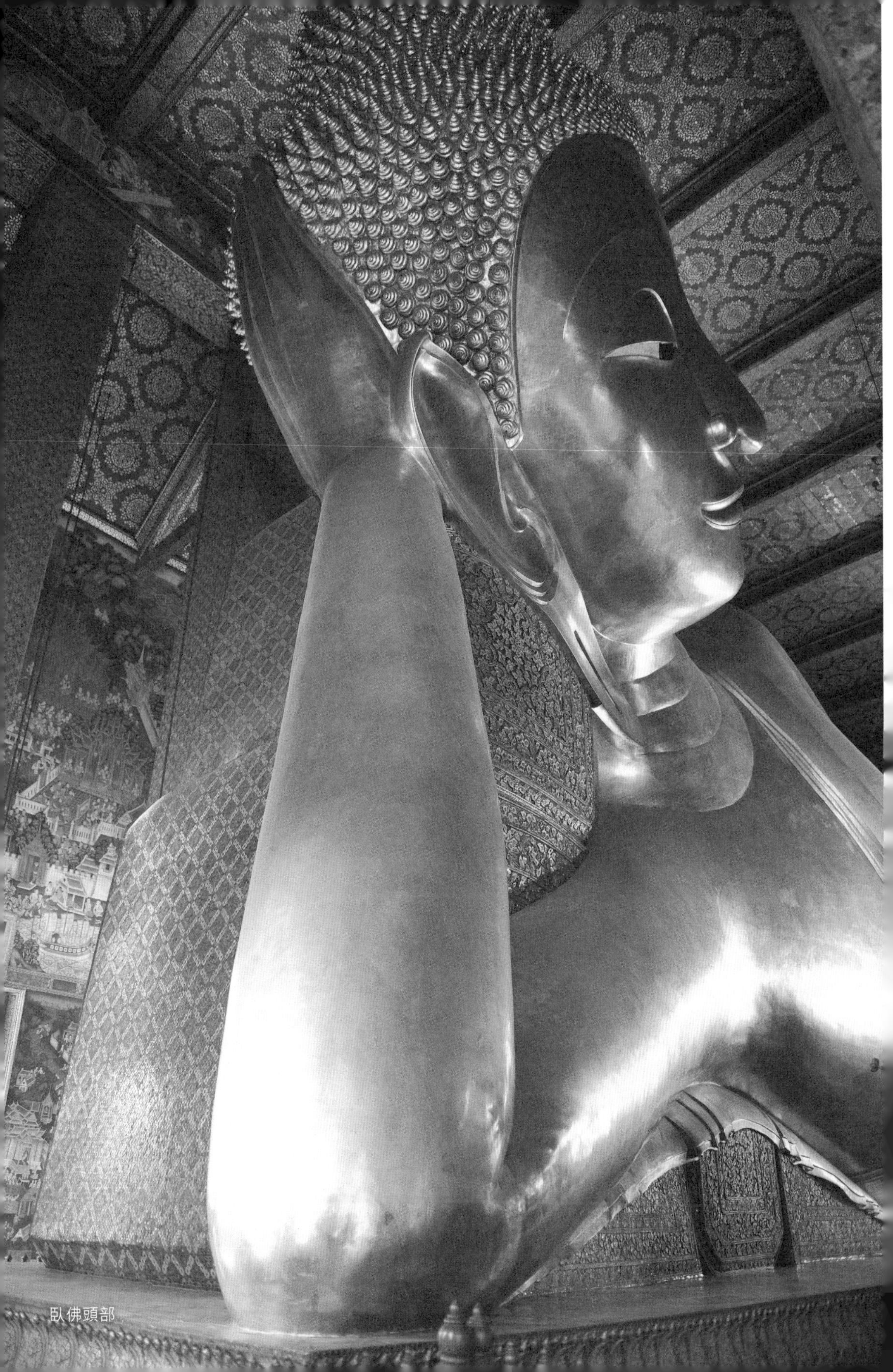

臥佛頭部

臥佛寺內佛陀講經壁畫

名主管僧律，七等僧爵。就是說，佛教的宣傳和紀律的監督分由兩人負責。拉瑪四世還給許多僧侶加官進爵。使僧官的等級制度逐漸與世俗官吏的等級制度一樣完善起來。

四、創立新宗派。拉瑪四世在登基前當過二十七年的僧人，他以一個王子的特殊地位和對佛學深入精湛的研究，在泰國創立了一個新的佛教宗派——法宗派（Thammayut，亦稱達摩有派）。法宗派以拉瑪四世曾經住持多年的母旺尼域（Bowonniwet）寺為大本營，信奉該宗派的僧侶人數不多，但與皇室關係密切。法宗派與泰國最大的大宗派（摩訶派）同屬佛教小乘教派。

拉瑪五世對佛教的貢獻首先表現在對教育的重視上，一八八五年拉瑪五世下令讓寺廟辦學。那時，西方式學校尚未在泰國普及，家長通常把孩子送進寺廟裏讀書。因此，每座寺廟，無論是王寺還是普通寺廟，至少配備五名有文化的僧侶充當教員。如果僧侶不夠，請普通人當教員也行，但要付給工資。每隔六個月舉行一次會考，考試優異者，教師和學生都能獲獎。寺廟的住持必須重視教學工作。

金佛寺（Wat Traimit，又稱黃金佛寺）。這座寺內因供奉一尊世界最大的金佛而聞名，位於唐人街的耀華力路。

金佛寺內金佛。這尊七百年前鑄的金佛重五點五噸，高近四米，金光燦爛，是泰國和佛教的無價之寶。傳説原來用泥灰包裹，在一次搬運中泥灰意外脱落，方顯真金本色。

金佛頂上的吊燈。這盞吊燈
裝飾精美、金碧輝煌。

曼谷王朝時期的佛像

曼谷王朝時期的佛寺

拉瑪五世認為教育不能只停留在會寫會算的基礎上，要把教育提高到大學的程度，於一八八九年在瑪哈泰（Mahathat）寺創辦瑪哈泰學院，到一八九六年改名瑪哈朱拉隆功佛學院，一八九三年在波瓦洛尼寺辦瑪哈蒙固佛學院。他希望把這兩個佛學院辦成像西方的神學院一樣具備大學的教育水準，但他在位時並沒有實現這個願望。直到一九四六年，瑪哈蒙固佛學院才開設大學的課程。而一九四七年，瑪哈朱拉隆功佛學院才正式成為大學。一八八一年，拉瑪五世創辦玫瑰園侍衛學校，成為後世著名的朱拉隆功大學的前身，這所泰國的最高學府一直延續到今天。

拉瑪五世注意到改善小乘與大乘教派的關係。泰國曼谷王朝時期的大乘僧人主要指越僧和華僧。這兩部份僧人歷來不受重視，一直不被授予僧爵。他們跟世俗的越南僑民和中國僑民一樣，隸屬於左局，不享受泰國僧人的特權。按照曼谷王朝一一三年（公元一八九五年）頒佈的條例第十四條規定：「如果需要僧人出庭當證人，不許傳僧人到法庭，而必須去寺廟裏取證，也不能要求僧人先發誓保證所提供的證詞屬實。如果僧人不願提供供詞，法庭亦不能強迫。」這個特權僅僅適用於泰國僧人，不包括越僧和華僧。拉瑪五世改變了這種不合理的規定，他認為大乘派的僧侶亦值得重視，下令授予他們僧爵。任命越僧（阿難派）的首領為法師，接下來的職位是協理、助理。華僧的管轄權也從左局移到司法部，但還沒有享受與泰國僧人同等的權利。他們還必須出庭作證，還必須像普通人一樣地宣誓。到拉瑪六世時期，他們才被交宗教部管轄，開始有權設住持、宗長等職務。

拉瑪五世增設了許多過去沒有的僧爵等級和僧爵制度，規定世俗政權不得對僧團事務橫

金屬巴剎（王孫寺）建於拉瑪三世時期，塔尖用金屬建成，是當今世界上僅存的三座金屬巴剎之一。有四層樓高，三十七個塔尖，正好跟菩提分法的四念處、四正勤、四如意足、五根、五力、七覺支、八正道，共三十七道品相吻合。

金屬巴剎塔尖

朱拉隆功大學文學院大門上方三角楣飾

朱拉隆功大學文學院

加干涉。保障僧團擁有處理寺產和田租收益的權利，確保僧團有獨立的經濟來源。

從拉瑪一世到拉瑪五世，國家的最高統治者無一例外都對宗教十分重視，盡其所能地推動佛教的建設和發展，這不僅因為國王本身就是虔誠的佛教徒，更重要的是他們都把佛教視為國家統治機器的一個重要組成部份，想盡辦法來維護和完善它。可以說，每一位國王在佛教方面表現出來的建樹，實際上反映出他們統治國家的政治智慧。

曼谷王朝在執行宗教政策上，通過頒佈《僧伽條例》使僧伽和政府無論在高層次或低層次上都融為一體。僧侶也和世俗一樣有僧王、大長老和各級僧官，僧官的選拔和世俗官吏一樣通過考試產生。某等僧爵相當於某等文官。因此，佛教和政府成為維護國家統治的兩根重要支柱。這就是君主專制政體下佛教得以備受重視的根本原因。

然而，實行君主專制政體的曼谷王朝在與西方的國際交往中，則處於不利的地位。一八五一年的《鮑林條約》是泰國與英國簽訂的第一個不平等條約，它敲開了暹羅「閉關鎖國」的大門，使西方殖民主義者得以不斷對其進行滲透，將其納入世界資本主義經濟體系，成為他們的原料產地和商品推銷的市場。

面對嚴峻的形勢，作為最高領導人的蒙固和朱拉隆功決心採取自上而下的改革。他們主動學習西方文明和科學知識，逐步廢除奴隸制和各式各樣的封建依附關係，改革中央和地方行政管理制度，對財政稅收制度、教育制度、軍事制度、立法和司法制度進行全方位的改革。大力修建鐵路、公路，開辦郵電、通訊等公共設施。

十九世紀末葉，亞洲有三個國家同時開始了一場學習西方自上而下的改革，日本的明治

朱拉隆功大學文學院
大門前的那伽石雕

維新取得了成功，暹羅的改革成功了一半，中國的戊戌變法則完全失敗。究其原因，各國的改革都有其自身的歷史條件和各種客觀因素，以及改革者所做的主觀努力的程度，因而有不同的結局。僅就暹羅改革的過程來剖析，蒙固和朱拉隆功，本身就親自接觸和學習了西方文化，政府內部沒有比他們地位更高的頑固派對其進行掣肘，因此能夠比較順當地推行各項改革措施。他們聘用西方人當顧問，以西方為師。雖然這無異於與虎謀皮，但是曼谷王朝並沒有淪為西方的殖民地，至少在名義上保持了主權和獨立，所以說暹羅的改革成功了一半。蒙固和朱拉隆功的改革並不是國家體制和制度的根本改革，只是對封建君主專制的一種改良，但畢竟奠定了現代泰國的基礎，推動了暹羅朝現代化方向的發展。

如今，依然可以看到拉瑪五世改革留下的碩果：拉瑪五世修建的五馬路，迄今仍是曼谷最寬的街道之一；一百多年前的曼谷火車站，通往外府的火車照舊運行；完全用珍貴柚木建造的拉瑪五世行宮，展現了高超的泰國建築藝術；用意大利進口大理石砌成的雲石寺，又融進了西方的建築藝術風格。

教育的現代化是拉瑪五世改革帶來的一個成果。一八七一年，拉瑪五世在皇宮裏辦起了第一所學校，讓王室及貴族子女就讀，還聘請外籍教員教授英語。一八八九年建玫瑰園侍衛官學校。次年又建立一所地圖測繪學校。拉瑪五世為解決泰文教材問題，命披耶希蘇托威漢編纂了六冊泰文教科書。一八八五年民間也辦起了正式的學校。瑪罕帕蘭寺的學校是泰國第一所平民子弟就讀的學校。據一八八七年的統計，全泰國共有三十五所學校，教師八十一人，學生一千九百九十四人。拉瑪六世（Rama Ⅵ，一九一〇—一九二五年在位）時期，為

法政大學。比里塑像和最古老的樓。

拉瑪五世柚木宮

雲石寺（Bencha-mabophit）。這座寺廟是拉瑪五世時建造的，是泰國最具有西方建築風格的寺廟。寺廟全部用意大利的大理石所建。屋頂用中國琉璃瓦覆蓋。融合了西方、中國、印度等佛教造型藝術風格。

雲石寺石獅

雲石寺寺門

了培養政府機構所需的文職人員，將侍衛官學校改為文官學校。一九一六年又將文官學校升格為朱拉隆功大學。這是泰國的第一所大學，也是世界著名大學之一。自建校以來，為泰國培養了大批高精尖的優秀人才。

一九三二年六月二十四日的政變推翻了泰國傳統的君主專制統治，實現了以國王為國家元首的議會民主制，頒佈憲法，以法治國，取締獨裁統治，無疑是暹羅政治生活的一大進步。

一九三六年泰國政府制訂教育計劃，提出：「政府的目標是使每個公民都有權接受教育，以充份實現每個公民的民主權利。」規定小學階段學習四年，初中三年，高中三年。一九三七年時任內政部部長的比里向內閣提出建立法政大學的建議，並榮膺該校「創始人」（校長）長達十八年之久。法政大學成為與朱拉隆功大學齊名的重點大學。一九五一年泰國加入聯合國教科文組織。泰國的教育與國際社會接軌，並得到國際社會的支持。

在一九三六年泰國政府制訂教育計劃以前，寺院不僅壟斷了教育，也壟斷了意識形態和上層建築。佛教思想深入人心，形成了全民信奉的人生觀和普世價值觀。可以說，佛教是泰國社會構成的一塊重要基石。泰國所有的文化藝術和上層建築都以這塊基石為活動平台。佛教對建築、雕刻、繪畫、文學、史學、音樂、舞蹈等文化藝術的影響是毋庸置疑的，它是一切文化藝術創作的一個原動力。在泰國當時的歷史背景下，文化藝術的創作實踐，首先是為了適應佛教活動的需要。以宗教為核心，宗教起着支配一切的作用。人們為宗教而生活，文字為宣揚宗教而創立，教育依賴宗教而存在，雕刻使宗教形象化，繪畫是宗教的圖解，文學為宣傳宗教教義而創作，史學為記錄宗教活動而產生，音樂是為了娛悅神靈，舞蹈是為了酬神或傳達神的信息。同時，宗教又是文化藝術取之不盡、用之不竭的創作源泉。宗教故事、宗教人物、宗教理念、宗教價值成為文化藝術的主要表現對象和內容。宗教經濟是宗教文化藝術品的最大消費者。宗教藝術品之所以能夠保持昂貴的價格，是通過宗教需求來實現其自身的價值。因此，在泰國歷史上，宗教興則文化藝術興，宗教衰則文化藝術衰，形成了一條萬古不變的循環規律。

從一九四六年普密蓬·阿杜德即位至二〇一六年，是泰國歷史上的曼谷王朝拉瑪九世（Rama Ⅸ，一九四六年登基至二〇一六年）時代。普密蓬·阿杜德是拉瑪五世朱拉隆功的孫子，拉瑪七世（Rama Ⅶ，一九二五—一九三五年在位）巴差提朴的侄子，拉瑪八世（Rama Ⅷ，一九三五—一九四六年在位）阿南多·瑪希敦的胞弟。一九二七年十二月五日出生於美國馬薩諸塞州坎布里奇市，青少年時代在瑞士接受教育。他被取名為普密蓬·阿杜德，泰文的意思是「無與倫比的能力」。一九五一年普密蓬·阿杜德從歐洲留學回來，正式即位親政。他在即位詔書裏宣誓：「為了暹羅民眾的幸福，我將以公正的原則來治理國家。」半個多世紀以來，拉瑪九世領導下的泰國，基本上做到了社會安定、人民幸福、民族團結、經濟發展，並朝着政治上實行民主和法治的方向不斷進步。

根據泰國憲法的規定，國王是泰王國的國家元首，武裝力量的最高統帥，宗教的最高護衛者。因此，國王是至高無上和備受尊敬的人。任何人不得侵犯或在任何方面指控國王。國王在泰國具有崇高的地位。國王作為國家元首，通過國會、內閣和最高法院行使國家權力。國會討論通過的一切法律、法規、提案都必須報請國王簽署批准。國王通過內閣行使政權

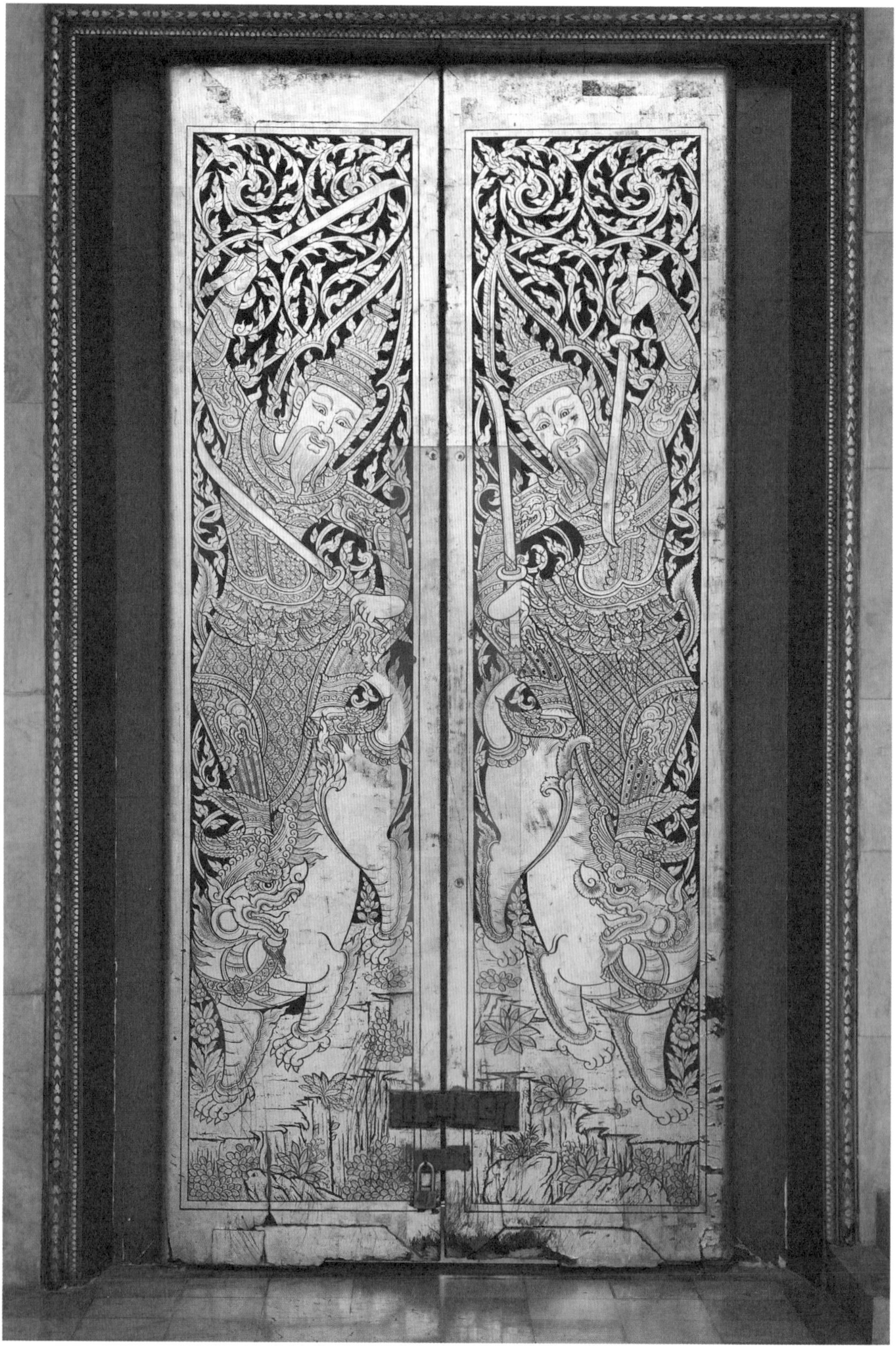

水磨漆金門。這兩扇水磨漆金門製作於曼谷王朝時期。

鍍金門窗

水磨漆金門窗

佛寺鍍金裝飾圖案

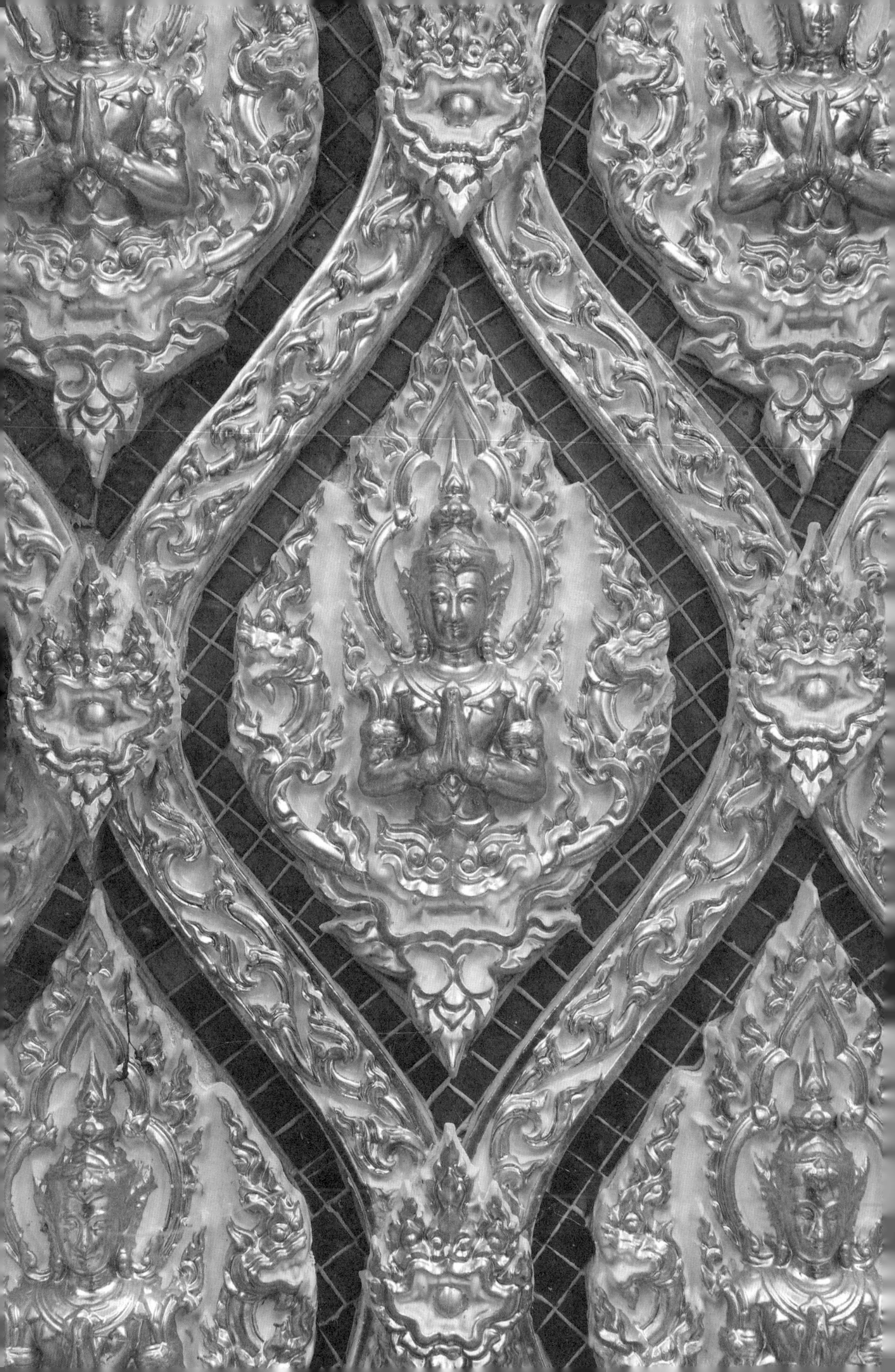

佛像瓦當。瓦當是屋簷前端的滴水簷。這是雲石寺屋簷前用佛像裝飾的瓦當。

時，憲法賦予國王處理一些國家重大事件的權力，如宣佈國家執行或取消戒嚴令，宣佈戰爭或締結和約等。國家通過法院行使司法權時，國王可以根據被告的申述，建議最高法院重新考慮已做出的最終判決。國王還有權決定大赦。此外，國王對內閣成員、特級文官和與此職位相當的軍警人員、各級法官有任免權，同時，有權取消官員的爵銜和收回官員的勳章。

拉瑪九世和王室成員，十分重視泰國各族人民之間的民族團結，尊重各種不同的宗教信仰，特別是對華人給予和泰人一樣平等的待遇和關懷。為了肅清日本佔領泰國時期所推行的反華排華政策的流毒和影響，一九四六年六月三日，拉瑪八世和拉瑪九世曾聯輿蒞臨唐人街和華僑報德善堂，對華人百姓表示慰問。一九八二年曼谷建都二百週年紀念日，王儲和詩琳通公主都先後蒞臨唐人街訪問，對泰國華人做出的貢獻給予高度評價。一九九四年拉瑪九世為華人集資創辦的大學賜名為「華僑崇聖大學」，並親自參加這所大學的揭幕慶典。

拉瑪九世非常關心民眾的疾苦，自籌基金推行各種發展經濟的計劃。他在皇宮裏創辦農業試驗田，挖掘魚池，飼養奶牛，集中一批科技人員進行試驗和研究，取得經驗後向全國推廣。他經常巡視全國，根據各地的情況提出一些切實可行發展經濟的計劃，如修水利、建電站、辦合作社、興建學校、賑災扶貧等。他還幫助北部山區的少數民族改變落後的生活方式和種植鴉片的惡習。他提出並推廣「替代種植」，即用一些農作物或經濟作物來替代鴉片、毒品的種植，在幫助山區民眾解決經濟困難的前提下，杜絕鴉片、毒品的種植。因此，拉瑪九世在泰國人民心中享有崇高的威望，並受到國際社會的好評。

一九七七年泰國爆發金融危機，國民經濟嚴重受挫。拉瑪九世頒佈諭示說：「泰國成為『亞洲五小龍』並不重要，重要的是要發展使老百姓夠吃夠用型的經濟。」在這種思想指導下，糾正了片面追求經濟發展的錯誤傾向，擺正了經濟發展與改善民生的關係，克服經濟危機帶來的負面影響，使泰國經濟向着務實和穩步復甦的方向發展。

在拉瑪九世擔任泰國國家最高領導的七十年的時間裏，泰國政局經歷了許多風雲突變、跌宕起伏，政變頻仍，危機四伏。經過了金融風暴的肆虐，又迎來街頭暴力的考驗。當街頭政治演變為激烈衝突和對抗的時候，民主顯得蒼白無力，只好由軍人出來收拾殘局。泰國的歷屆民選政府，雖然設有國防部和警察總監，但不能實際掌握軍隊和警察，每當出現政治危機，各派政治力量爭持不下的時候，拉瑪九世都能按照君主立憲政治制度的原則，充當好

「仲裁者」的角色，使泰國的政治之船安然駛過險灘。

拉瑪九世主張執行宗教信仰自由的政策，雖然九成以上的泰國人信仰佛教，但伊斯蘭教、基督教和印度教也有自己的信眾，有自己的生存空間。

拉瑪九世年輕時也像普通的男青年一樣，剃度出家一段時間。他於一九五六年十月二十二日舉行剃度禮，是泰國第四位在位期間出家的國王。同年十一月五日還俗，歷時十五天。拉瑪九世的剃度等於向世人昭示：國王本人是佛教徒，亦是最高護法。

拉瑪九世時期對佛教所做出的主要建樹是，頒佈了一九六二年版的《僧人條例》，它與以往頒佈的《僧人條例》相比，最突出的特點是集中了僧伽的權利，並把它置於相應的各級政府機構的監控之下。就是說，政權加強了對僧權的控制，從而使宗教更加政治化。

一九五一年拉瑪九世頒佈了《宗教教育機構辦學條例》，把現代化的世俗教育方式引入宗教教育。在佛教學校中開設英語、泰語、自然地理、社會學、生理衛生等普通學科，和世俗學校一樣設立學士、碩士、博士學位。佛教學校的學歷受教育部承認。一九七〇年全國的宗教教育機構共有五千三百六十一所，支出金額一百二十萬銖。朱拉隆功佛學院公開接受外國留學僧人到本校學習。

伊斯蘭教是泰國的第二大宗教，全泰國計有二千三百多座清真寺，伊斯蘭教徒約二百萬人，原先大部份居住在泰南各府，後來有一部份人移居曼谷，經過近千年的發展，伊斯蘭教徒逐漸由泰南沿海深入到內陸城鎮。現在，泰國四十多個府有穆斯林定居。泰國穆斯林大多屬於遜尼派，極少數為什葉派。全國最大的清真寺為北大年（Pattani）的中心清真寺和

宮廷傢具。現藏於曼谷國家博物館。

鏤刻金壺和金杯。鏤刻技術是指在金屬器物上用利器鏤刻花紋，以增加人們的視覺享受。精美的鏤刻工藝品造價昂貴，多是皇宮及貴族的收藏品。圖中所示的金杯、金壺上的花紋，像用機器衝壓出來的一樣，充份顯示了工匠的精湛手藝和技巧。現藏於曼谷國家博物館。

曼谷的清真大寺。曼谷計有大大小小的清真寺一百四十八座。較大的清真寺還設有經學院、阿語學校、講習所等。全國共有穆斯林的各級學校二百餘所，最高學府是曼谷的泰國穆斯林學院。穆斯林學校對青少年進行宗教基礎知識及道德傳統的教育，教習阿拉伯語、《古蘭經》和《聖訓》等課程，並從中選拔培養專業宗教人員。

泰國的伊斯蘭教組織共有二十四個，一九五四年成立的「泰國穆斯林全國委員會」為全國最高組織，下設各府委員會，指導全國的伊斯蘭教工作。還有「改革維新協會」、「聖道輔士會」、「善功之家清真寺聯會」、「曼谷伊斯蘭教中心」等。這些組織十分重視伊斯蘭教宣傳和教育工作，應他們的要求，伊斯蘭世界聯盟、沙特阿拉伯宗

犁。每年五月在大皇宮前的王家田舉行皇家耕犁儀式，國王親自扶犁，以表對農耕的重視。現藏於曼谷國家博物館。

教部及科研教法宣教指導總部派選教員，赴泰國各地進行宣傳教育工作，並教授阿拉伯語。泰國穆斯林少年兒童的宗教教育工作，一般集中在穆斯林聚居的府縣，學生上午學習阿拉伯語及各種宗教課程，下午學習泰國教育部規定的課程。散居地區的學生，每天放學後，在清真寺附設的學校學習宗教課程兩小時，星期六、星期天上午各學習兩小時。暑假期間，各大清真寺開辦各種類型的食宿免費學習班。穆斯林的宗教生活和宗教教育受到泰國憲法的保護。

拉瑪九世曾贊助將伊斯蘭教的《古蘭經》翻譯成泰文出版。每逢伊斯蘭教舉行盛大的宗教活動，都要邀請國王或國王的代表參加。在政府機構工作的穆斯林受到特殊的優待，每週五下午有半天做禮拜的假日，逢古爾邦節和開齋節可以帶薪休

假。如到麥加朝覲，還有四個月的假期。

早在一五二九—一五三三年，葡萄牙人就試圖將基督教傳入暹羅，但沒有獲得成功。一百多年後的一六六四年，巴盧主教率領的另一批法國傳教士又來到暹羅。他們的傳教活動得到暹羅那萊王（Narai，一六五六—一六八八年在位）的認可，他們獲准在阿瑜陀耶城建立教堂和開辦學校。為此，法王路易十四於一六七三年寫信給暹羅那萊王，對他支持法國傳教士的傳教活動表示讚賞和感謝，法國的意圖是想勸那萊王改信天主教，因為按天主教的慣例，一個國家的國王皈依了天主教，國王的懺悔牧師便成了這個國家的太上皇，法國希望通過這個途徑來改造和控制暹羅。在暹羅方面，那萊王鑑於荷蘭在暹羅的勢力日益擴張，企圖借助法國對荷蘭進行一些制約。但那萊王本人則始終堅持

鎦金戰車。這是一個表現《拉瑪堅》故事的工藝品。
現藏於曼谷國家博物館。

泰國傳統的佛教，沒有改信天主教。基督教再次進入泰國是在曼谷王朝拉瑪五世時期，因為開始了旨在大規模地向西方學習的行政制度的改革，包括基督教在內的西方文化借機湧入暹羅。一八七五年泰國的基督教（包括天主教）信徒多達二萬五千人，其中有泰人、華人、越南人、老撾人、印度人和西方人。在全國三十八府中有七十九座教堂。傳教士經常通過辦學校和開辦慈善事業等方式來吸引信眾，使基督教得以發展。

現在全泰國共有三十萬基督教徒，其中六成以上為天主教徒。天主教堂四百多座；神職人員四千人，其中神甫三百多人；教會學校一百三十多所，學員十五萬人；天主教團三十多個。全國分為兩大主教區：曼谷大主教區，管理叻武里（叻丕）府、莊他武里（尖竹汶）府和清邁府三個教區；沙功那空大主教區，管理烏汶府、烏隆府和那空叻差是瑪（呵叻）府三個教區。泰國天主教聯合會是全國性的組織。天主教教堂以曼谷達叻仔教堂的歷史最悠久。教皇保羅二世曾於一九八四年訪問泰國。

新教在泰國共有教堂一百多座，牧師近百人，主辦三十多所教會學校，出版《季度新聞》月刊。

泰國的婆羅門教或印度教徒，主要是印度人的後裔，其中相當一部份已跟泰人通婚，大多居住在曼谷和泰南的洛坤府。他們與其他宗教的信仰者一樣，熱心贊助公益事業，創辦了不下十所學校。根據婆羅門教的教義，釋迦牟尼是帕那萊神的第九世轉生，所以在婆羅門神廟中亦供釋迦牟尼佛像。泰國的婆羅門教徒與當地的泰人佛教徒能非常友好地相處。

綜觀泰國民族文化的發展史，是一部昭披耶河孕育的近四千年的文明史，從史前時期的

那伽。《真臘風土記》説：「橋之欄皆石為之，鑿為蛇形，蛇皆九頭。」這種蛇在梵文中稱為那伽，實際為七頭或五頭。那伽崇拜源於婆羅門教，後那伽演變成佛教護法。

班清文化、班菩壁畫、銅鼓文化，一路發展下來，經歷前素可泰時期、素可泰王朝時期、阿瑜陀耶王朝時期、吞武里王朝時期，沒有中斷，沒有消失，而且不斷發展壯大，直到形成當代泰國曼谷王朝時期的現代文化，都有一條宗教文化的主線貫穿始終。宗教文化與民族文化的有機結合，構成了璀璨奪目的泰國傳統的民族文化。濃郁的宗教色彩，是泰國民族文化的特色，也是泰國文化區別於其他國家和民族文化的一個顯著特點。只有真正屬於一個民族獨有的，才有可能成為世界的。獨具特色的泰國傳統民族文化，無疑是整個人類文化百花園裏不可或缺的一枝奇葩。

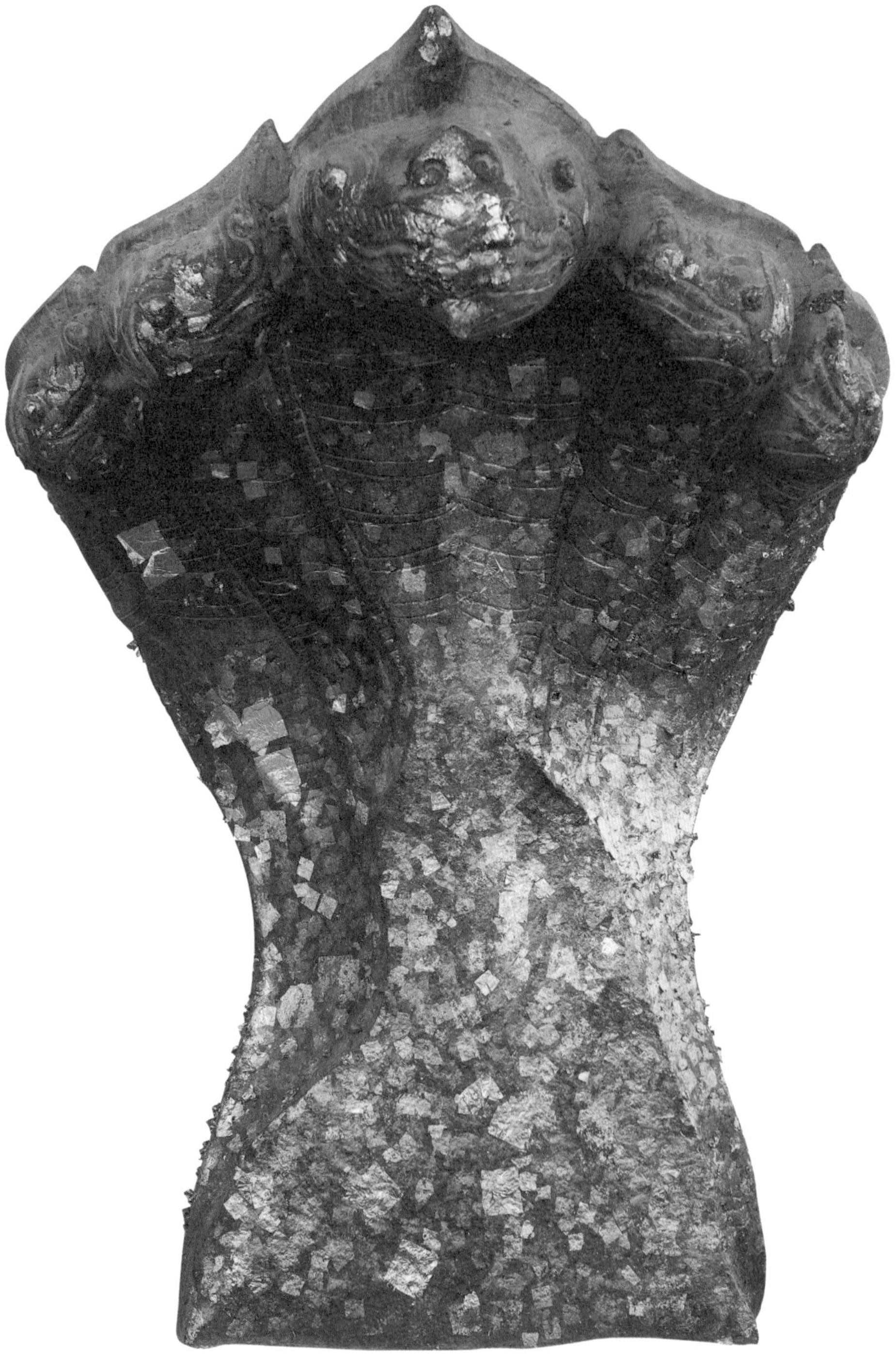

石刻那伽雕像

鎦金那伽塑像

迦樓羅。俗稱大鵬金翅鳥，
以蛇為食，是毗濕奴坐騎。
後成為佛教天龍八部之一。
現作為泰國國徽的標識。

卻克里大殿，是一座意大利文藝復興建築風格與加蓋泰式傳統殿頂相融合的建築。曾經是宮廷召見儀式和君王加冕禮舉行的地方。

金鐘。鐘是一種用金屬製成的撞擊樂器，也用於報時和召集人群。隨着佛教的傳播，鐘就被請進了寺院，成了佛教的法器——梵鐘。梵鐘與佛寺結下了不解之緣，「有寺必有鐘，無鐘即無寺」。這口金鐘現藏於曼谷的王孫寺。

後記

泰國的旅遊業興旺發達，是世界各地旅遊者旅行的目的地。二〇二〇年世界新冠病毒疫情爆發之前，外來的遊客絡繹不絕。那麼，旅行者對這個美麗的國度有多少了解呢？值此書在香港出版之際，我想這樣對香港的讀者們說：

你知道泰國有美麗的海島讓我們休憩、泰國有驚艷的人妖讓你不可思議、泰國的美食讓你流連忘返、精緻的泰絲讓你愛不釋手、泰國人的微笑和雙手合十禮讓你感到溫馨。然而，泰國還有更值得你去關注和領略的，那就是這個國家的歷史和文化。

泰國以今天的美麗與和諧、富庶與安逸立於世界民族之林，是幾千年的歷史文化涵養的結果，這是能夠吸引世界各地遊客的關鍵所在。此書出版的目的在於讓中國讀者了解與我們友好的周邊國家和人民，學習與尊重他國的歷史文化，這也是一個開放型的社會和民眾必須具備的素養。

我們這個由主編、編輯、作者、攝影師組成的團隊，兩次飛赴泰國採風，由於泰國政府有關部門的大力支持，我們得以順利地從北到南，拍攝了九個國家博物館珍藏的文物，記錄了從史前時期、前素可泰時期、素可泰時期、阿瑜陀耶王朝時期、吞武里王朝時期的遺址以及曼谷王朝的影像資料，掌握了大量的一手圖片，為做好這部圖文並茂的書奠定了很強的專業基礎。

著名攝影師連旭先生以他四十多年的攝影經歷，拍攝文物的專業知識和豐富經驗，對此次攝影活動傾注了極大的熱情。從北京到曼谷，從一個博物館到另一個博物館，從一處遺址到另一處遺址，幾大箱子的攝影器材從不離身。沒有專業助手，幾十公斤重的器材多是他自己提。因為體力消耗太大，除了拍攝，他需要的就是睡覺，除了拍攝，他唯一的需求就是一杯咖啡。他的職業精神和他對專業水準的要求使這部書的品質有了極大的保證。

更所幸，本書作者段立生教授是研究泰國歷史的專家，他上世紀六十年代就讀北京大學東語系，主修泰國語言文學。受到季羡林先生的教誨和影響，在北大就學期間，段立生就着力於從浩瀚如煙的中國古籍中收集記載泰國歷史的資料。這些鮮為人知的珍貴史料填補了十三世紀素可泰王朝建立之前的泰國歷史。在段先生旅居泰國的十多年中，他還遍走泰國實地考察，對照史籍的記載做比較，力求得到真實的答案。段先生尊重歷史的學術精神在泰國歷史文化的教學及研究生涯中得到泰國學界的認同和尊重。同時他對泰國歷史的研究也佐證了中國與泰國自古就有友好往來的深厚情誼。

本書的出版要感謝的人和機構很多。在這裏我們首先感謝泰國曼谷國家博物館、清邁國家博物館、素可泰蘭甘亨國家博物館、班青博物館、佛統博物館、素攀府烏通國家博物館、宋卡國家博物館、洛坤國家博物館、素叻他尼府國家博物館和大城國家旅遊局，沒有他們的幫助，就不可能有這樣一部作品問世。

感謝天地圖書有限公司，感謝曾協泰董事長讓此書得以在香港出版，同時謹向廣大的香港讀者致以謝忱！

李元君

二〇二一年六月二十八日

天地

www.cosmosbooks.com.hk

書　　名　沿圖遊泰國：探尋佛國歷史與文明
主　　編　李元君
撰　　文　段立生
攝　　影　連　旭
責任編輯　王穎嫻
美術編輯　郭志民
出　　版　天地圖書有限公司
香港黃竹坑道46號新興工業大廈11樓（總寫字樓）
電話：2528 3671　傳真：2865 2609
香港灣仔莊士敦道30號地庫（門市部）
電話：2865 0708　傳真：2861 1541
印　　刷　亨泰印刷有限公司
柴灣利眾街27號德景工業大廈10字樓
電話：2896 3687　傳真：2558 1902
發　　行　香港聯合書刊物流有限公司
香港新界荃灣德士古道220-248號荃灣工業中心16樓
電話：2150 2100　傳真：2407 3062
出版日期　2021年8月／初版

ISBN：978-988-8549-91-7